Michael Böhm

Der verborgene Gast

Roman

Bookspot
EDITION 211

1. Auflage

Lektorat: Johanna Gerhard
Korrektorat: Andreas März
Satz/Layout: Martina Stolzmann
Covergestaltung: Martina Stolzmann
Titelmotiv: © Pixabay

Druck: CPI – Clausen & Bosse, Leck
Made in Germany
ISBN 978-3-95669-168-3
www.bookspot.de

Für meine Lieben.
Wie immer.

Nicht glatt ist der Weg
Von der Erde zu den Sternen.
Seneca

Und vergib uns unsere Schuld,
Wie auch wir vergeben unsern Schuldigern.
Und führe uns nicht in Versuchung
Sondern erlöse uns von dem Bösen.
Vater Unser

Er fürchtet alles,
weil er nichts vergessen kann.
Elias Canetti

Prolog

Im Laufe der späteren Nachforschungen der zuständigen Kriminalinspektion stellte sich heraus, dass die Frau auf dem Balkon über dem Fluss als Erste den im Wasser schwimmenden Körper gesehen, ihn jedoch für ein dunkles Holz gehalten hatte. Der Tote war von der Strömung unter der Christophorus-Brücke und der Huber-Brücke hindurchgetragen worden. Erst auf Höhe des ehemaligen Holzplatzes der früheren Papierfabrik, noch vor der Eisenbahnbrücke, trieb er bedingt durch Geschwindigkeit und Gewicht an das Ufer und blieb an den kantigen Steinen hängen. Dort wurde er von der Huber-Brücke aus gesehen. Nur einer der zahlreichen Passanten, die sich wie von einem Magneten angezogen am Geländer der Brücke sammelten, wählte den Notruf und schilderte, welches Bild er in einem Abstand von vielleicht dreißig Metern vor Augen hatte.

Etwa zur selben Zeit, als der Notruf abgesetzt wurde, befand sich Kriminalhauptkommissar Roth auf seiner morgendlichen Joggingrunde. Er war vor die Tür seiner Pension am Fuße des Karlsbergs getreten, in der er seit zwei Tagen ein Zimmer hatte, hatte einen kurzen Blick zum Himmel geworfen und war losgelaufen.

Sein Weg führte ihn am Mühlbach und dem Bahndamm entlang zum Fluss und auf dessen anderer Seite zurück. Nach etwa der Hälfte seiner Strecke erreichte er die Fußgängerbrücke, die im Schatten der hohen Eisenbahnbrücke über den Fluss führte. Als er am Gelände der Feuerwehr vorbeilief, schaute er verwundert zum Andrang auf der Uferstraße. Noch weiter vorne sah er eine Gruppe Feuerwehrleute auf den Steinen im Wasser herumsteigen.

Mit langen Schritten ging er unter der Brücke hindurch,

wischte sich den Schweiß von der Stirn. Er hörte die Bahn über sich fahren, den Fluss neben sich rauschen.

Nachdem Roth aus dem Zwielicht der Unterführung trat und der Weg zur Straße wurde, verweigerte ein Polizist ihm vor einem rotweißen Band den Weiterweg. Roth teilte dem uniformierten Kollegen in seiner ihm eigenen ruhigen Liebenswürdigkeit mit, wer er war. Doch der Gegenüber lächelte zurück, schaute demonstrativ auf Roths durchschwitztes T-Shirt und in sein feuchtes Gesicht, und schüttelte den Kopf. Dann zeigte er mit einer weiten Armbewegung auf die anderen Menschen, die am Geländer zum Fluss hin standen und zum Ufer schauten, wo mehrere Helfer der Feuerwehr über die Steine balancierten. Auf der Straße standen ein Feuerwehrauto sowie ein Krankenwagen. Weiter vermochte Roth nicht zu sehen.

Während er die gesamte Szene erfasste, nestelte er seinen Brustbeutel hervor, was bei seiner verschwitzten Haut nicht ganz leicht war, holte mit spitzen Fingern seinen Dienstausweis hervor und reichte ihn dem Polizisten. Mit leisem Grinsen bekam er ihn nach einem schnellen Blick darauf zurück und Roth durfte gebückt unter dem Band hindurch.

Vielleicht zehn Schritte vor dem Wagen der Feuerwehr blieb er stehen, stützte sich mit den Händen gegen das Holzgeländer. Von hier konnte er leicht die schwierige Aktion beobachten, einen Körper über das steile Ufer hinauf zur Straße zu bringen. Irgendwo hinter ihm sagte jemand halblaut »Wasserleiche«; er drehte sich nicht zu der Stimme um.

Von einem Baum auf der anderen Flussseite flogen vier Tauben heran und landeten auf den Steinen oberhalb des dunklen Wassers. Das Quartett erschreckte Roth nicht, schickte ihm aber ein beklommenes Gefühl zusammen mit der Frage, ob das ein Mirakel war, erinnerte es ihn doch an die alte Geschichte, in der vier Tauben als Todesboten eine Rolle spielen.

Sein Blick ging zurück zu dem Toten und für einen winzigen

Moment sah er das bleiche Gesicht, erkannte es sofort und wusste, dass die Tauben tatsächlich Todesboten waren. Seine Augen suchten auf den Steinen nach den Tieren; sie waren nicht mehr da. Beinahe zweifelte er daran, ob er sie überhaupt gesehen hatte.

1

Der verborgene Gast – Der blaue Sonnenhut

Ohne Namen, als ein Niemand Namenlos, bin ich der verborgene Gast bei Pia. Bei ihr suche ich Nähe und Wärme, die ich nur hier finden kann. Sonst überall ist mir kalt. In hellen Momenten weiß ich glasklar, dass ich an einem Scheideweg angelangt bin. Wieder einmal stehe ich am Küchenfenster, eine Tasse kalten Kaffee in der Hand, sehe über den Garten zum Tor.

Wie lange stehe ich schon hier?

Nur einen Wimpernschlag kurz erkenne ich den blauen Sonnenhut, der mir verrät, wer da im Schatten der Bäume unsichtbar, unerkannt bleiben will. Was macht der da und wer ist das? Clara hat in ihrer Mail von einem Mann geschrieben, der sich nach mir erkundigt hat und den sie für einen Polizisten hält. Ist der Mann mit dem blauen Sonnenhut womöglich dieser Polizist?

War es gestern oder am Tag zuvor, ich bin mir nicht sicher, als der Mann vorne am Tor stand und zum Haus herschaute? Als Pia mit ihrem roten Mini ins Bild kam und vor dem Tor anhielt? Sie stieg aus, sprach mit dem Unbekannten. Mir kam es so vor, als unterhielten sie sich ganz ungezwungen. Als Pia das Tor aufmachte, verschwand der Fremde nach rechts hinter der Hecke und damit aus meinem Sichtbereich.

Ich freue mich auf Pia. Mit Leichtigkeit, einer warmen Zärtlichkeit wird sie mich aus dem dunklen Loch holen, mich zu sich in die reine Helligkeit heben.

Wo bleibt sie nur?

Da kommt mir der unbekannte Friedhof in den Sinn, von dem ich heute Mittag in der Hängematte geträumt habe. Was will der Traum mir sagen? Der sandige Hügel neben dem offenen Grab? Bin ich die von mir geschaffene Filmfigur, die der eigenen Beerdigung zuschaut? Ich habe sie in meinem Drehbuch auf einer südlichen Insel von einem Felsen stürzen lassen. Oder, und dieser Gedanke berührt mich auch nicht stärker, ist das ein für mich geschaufeltes Grab?

In der Luft um mich herum schwebt dunkle Materie, schwarz wie Sepiatinte. Wie in einem Film von Felix-Rainer wird das Bild vom offenen Grab überblendet, verschwindet langsam und das liebevoll herzliche Gesicht Pias tritt in den Vordergrund. Meine Beklemmung löst sich. *Bonjour tristesse.* Ich suhle mich in Melancholie.

Höre ich gerade die Haustür knarren?

2

Der verborgene Gast – Theseus

In der Küche trinke ich einen Tee und esse ein Müsli. Beides im Stehen, denn es kribbelt mir überall, ich bin hochgradig nervös. Ich habe bereits zwei Stunden geschrieben. Bevor ich mich an den Schreibtisch gesetzt habe, hatte ich nach dem Wetter gesehen. Da hatte die Sonne begonnen, blutrot ihren Weg über den Himmel zu ziehen. Da war es mir noch gut gegangen, war innerlich ausgeglichen gewesen, hatte sogar Optimismus gespürt, ansonsten hätte ich gar nicht schreiben können.

Von der Küche steige ich wieder nach oben, gehe in den Raum unter dem Dach, den ich mein Studio nenne. Am Schreibtisch vorbei drücke ich mich zum Fenster, um es zu öffnen, solange es draußen noch frisch ist. Dann lege ich mich in die Hängematte, mit Blick zur Tür.

Statt in der Horizontalen langsam zur Ruhe zu kommen, lausche ich nach draußen. Auf der Straße knattert ein Moped vorbei. Als der Lärm nachlässt, schwillt das Brummen eines Flugzeugs an und allmählich wieder ab. Mein imaginärer Blick folgt dem großen Vogel auf seiner Schleife beim Landeanflug auf den Flughafen. Ich weiß, dass die Maschine durch die Bäume nicht zu sehen ist. Dann höre ich die Stille, in die nach einer Weile die Kirchenglocken hineinklingen.

Ich bringe nicht die Energie auf, mich zu erheben, um das Fenster zu schließen.

Mit der Hand streiche ich mir durch den noch ungewohnten Bart. Sehe ich mich im Spiegel, muss ich zugeben, er steht mir. Sagt auch Pia.

Mit der Korkkappe, die ich vor einigen Jahren aus Andalusien mitgebracht habe, auf meinen inzwischen längeren Haaren, kann ich auch das Haus verlassen. So verändert wird mich niemand erkennen, nehme ich zumindest an.

Ich bin zu Pia gekommen, um bei ihr in Klausur meine Theseus-Erzählung, mein wohl wichtigstes Manuskript, mein Opus Magnum, endlich in Ruhe fertig zu schreiben. Darum, aus diesem Grunde, bin ich seit x Tagen – wie lange eigentlich? – freiwillig mein eigener Gefangener, was eine falsche Vokabel ist. Besser klingt in meinen Ohren *Pias verborgener Gast*. Ich bilde mir tatsächlich ein, jederzeit gehen zu können, wann immer es mir beliebt. Aber ich weiß zu gut, dass ich kaum die Kraft haben würde, Pia zu verlassen. Ich fühle, dass das Ganze eine Lüge ist. Bin ich nicht vielmehr zu Pia geflüchtet? Aus welchem Grund? Was soll diese blöde Frage? Aus Feigheit, sogar aus Angst, was sonst? Mit dem schwebenden Duft von Pia um mich herum ist es leicht, Depression und die in der Tiefe lauernde Aggression unter Kontrolle zu halten, sie so weit zu bändigen, dass sie mich kaum stören.

Tatsächlich schaukle ich inzwischen in meiner Hängematte in diesem wohligen Zustand, der noch nicht Schlaf und nicht mehr Wachsein ist. Und dieser leise Wind der Wachträume bringt ein Gesicht mit, an das ich schon länger nicht mehr gedacht habe.

Mona.

Da pocht wieder der Gedanke – oder ist es das Gewissen? – einem Mantra gleich in meinem Kopf: *Ich bringe dich um, Mona.*

Doch habe ich das tatsächlich getan? Meine Schuld an deinem Tod, Mona, ist nur eine mutmaßliche Schuld.

Ich sehe mich an deinem Grab stehen, Mona, todunglücklich, mit hängendem Kopf. Damit habe ich das Versprechen eingelöst, das ich mir gegeben habe, nämlich dich am Tag vor dem Heiligen Abend, deinem Todestag, zu besuchen. Ein Hauch von Frühling schwebt in der Luft. Ein Jahr zuvor war diese gleiche Landschaft tief verschneit. Heute glänzt nur noch hoch droben in den Bergen der Schnee.

Plötzlich spüre ich, wie mir eisig kalt wird, innen. Ich vermag mich nicht mehr gegen die Gewissheit aufzulehnen, dass das, was da zwischen uns war, vielleicht doch eine Liebe war, eine besondere Art von Liebe. Du warst meine *anima candida,* Mona. Und es ist mir schließlich unerträglich geworden, mit einer reinen Seele zusammen zu sein. Meine Seele hat dunkle Flecken, weißt du? Ich kann mit Gefühlen nicht umgehen, habe es nicht gelernt. Meine Gefühlswelt ist eine karge Wüste.

Mit dem Widerspruch, mich als Mörder zu empfinden und gleichzeitig daran zu zweifeln, habe ich mich abgefunden. Diese Abwehr von möglicher Schuld ist mir nicht neu, bin ich doch ein gebranntes Kind. Bei dir, Mona, ist es so, dass ich keine Erinnerung habe, keine Bilder abrufen kann, die mir bestätigen, dass ich es war, der dich als Tote in den Schnee vor die Kapelle *Lamm Gottes* gesetzt hat.

Immer wieder habe ich unsere Liaison durchdacht, nacherlebt, jeden Augenblick, jede unserer Begegnungen, Schritt für Schritt, jede Zärtlichkeit, mein inneres Chaos und die im Wind der Erinnerung flatternden Gedanken. Jedes Mal das gleiche Resultat: Da ist nichts. Wirklich nichts, was zu meinem Sündenregister addiert werden müsste.

In Polling, wo ich eine wirklich schöne, gemütliche Wohnung habe, nur ein paar Schritte weg vom Kloster, eine Auswahl an Spazierwegen vor der Tür, wurde mir zusehends mulmig. Meine diffusen Hirngespinste steigerten sich zu wirren Trugbildern, wurden immer exaltierter. Schon sah ich mich im Fadenkreuz der Kriminalpolizei, saß in meiner überreizten Einbildung schon im Verhör. Was sollte ich sagen? Gestehen? Was gestehen?

Ich war dabei, mich selbst weichzukochen.

Die Lösung des Dilemmas? Ich musste weg, ganz schnell. Und das tat ich über Nacht. Wohin? Keine Frage für mich, ich fuhr dorthin, wo ich ohnehin zu gern ständig wäre: zu Pia. Ich suchte Ruhe zum Schreiben, oben im Studio unter dem Dach, nannte ich meiner Gastgeberin als Grund. Die Wahrheit wollte, konnte ich ihr nicht sagen. Hatte ich Pia doch mit Mona betrogen. Das ist doch so, oder?

Pia nahm mich mit offenen Armen auf. Unsere Liebe blühte auf, ein wahrer Frühling der Gefühle. Mit jeder zärtlichen Geste fanden wir unsere geheimen Zeichen wieder, diese Chiffren der gegenseitigen Sehnsucht, tauchte die verkümmerte Symbolik aus dem Vergessen zurück in die Gegenwart.

Ich musste mich nicht mehr in meine Träume zu Pia flüchten, die emotionale Leere mit den Bildern der Erinnerungen zu füttern versuchen. Alle anderen Träume wurden blutleer, vertrockneten, kamen mir zusehends abhanden.

Pia fühle ich mich inzwischen wieder so nahe, dass ich es wage, ihr nach einem harten Tag mit vergeblichem Ringen um gute Sätze vorzujammern, wie schwer ich mich immer wieder tue, die Sätze, die im Kopf so gut klingen, in gleicher Tonart auf das Papier zu bringen. Sie streicht mir über die Haare, sagt: »Schreibe deine innere Wahrheit, du kannst das, mein Lieber, und ich werde dich in meinen Armen mit dem Paradies auf Erden belohnen.«

Ach, was habe ich von dem lachend vorgebrachten Versprechen, wenn ich nur schwerfällig mit meiner Arbeit vorankomme, kaum am schwierigen *Theseus,* sondern mehr an meinem spontanen Tagebuch schreibe?

Ich schlage die Augen auf, liege in der Hängematte. Ist die Spinne, die sich vor mir am seidenen Faden abseilt, Einbildung oder Wirklichkeit?

Da höre ich im Haus eine Tür gehen. Pia? Oder Helene? Helene, die mir Bruschetta versprochen hat zum Mittag.

Meine Fantasie gaukelt mir vor, Pia käme herein, ein orangefarbenes Tuch im brünetten Haar. Meine Augen nicht von der

Spinne lassend, fühle ich mich im Netz meiner Hängematte eingesponnen, in einer unwirklichen Zeitblase gefangen.

Pia, erlöse mich! Du, meine erste, meine einzige, meine große Liebe!

3

Der verborgene Gast – Mona

Wie ging es mir schlecht, damals, nach deinem Tod, der für mich so unbegreiflich war, Mona. Total durcheinander stand ich nicht nur einmal neben mir, ich vervielfältigte mich in meiner zügellosen Hysterie. Ich wusste nicht mehr, ob das, was ich wahrnahm, dachte oder mir vorstellte, überhaupt real, oder doch eher das wirre Spiegelbild meines völlig durcheinandergeratenen Geistes war.

Mit einem leichten Schwindelgefühl fing es jedes Mal an, dachte ich an dich. Zunächst nahm ich das nicht richtig wahr, danach nicht richtig ernst. Heimtückisch leise griff diese Verwirrung auf Samtpfötchen an. Ich hatte Angst, diese Unordnung im Kopf könnte so stark werden, dass sie mich plötzlich über die Grenze der Vernunft schieben würde.

Ich musste durchatmen, ruhiger werden, Struktur in mein wirres Gestammel bringen; ich merkte es.

Als Schriftsteller habe ich einen Bekanntheitsgrad, der es mir erlaubt, von meinem Schreiben gut zu leben, und der mir Gelegenheit gibt, immer wieder kreuz und quer durch unser Land zu reisen, um ein neues Buch dem Publikum vorzustellen. Das ist für mich eine willkommene Möglichkeit, mit meinen Lesern in Kontakt zu treten. Und so habe ich dich, Mona, kennengelernt.

Der Verlag brachte meinen ersten Roman in einer neuen, überarbeiteten Auflage heraus und damit war ich auf Lesereise.

Ach, Mona, ich sehe dich auf einmal vor mir, so lebendig, als könnte ich dich mit meinen Händen greifen.

Mona, du bist mir vor allem durch die Modulation und die Klangfarbe deiner Stimme aufgefallen, als du nach der Lesung die intelligentesten Fragen gestellt hast. Im Vorraum bleiben wir stehen und unterhalten uns – du tust mir flüsternd kund, alle meine Bücher gelesen zu haben –, bis der Veranstalter drängt, mit dem noch ein Beisammensein vereinbart ist. Spontan lade ich dich ein, mitzukommen. Noch an diesem Abend erfahre ich, du bist Studienrätin am örtlichen Gymnasium. In der kleinen Gruppe am Tisch ist es nicht möglich, mit dir weiter über mein Schreiben zu sprechen. Später in der Nacht begleitete ich dich bis zu deinem Haus, das im gleichen Viertel wie deine Schule liegt, die du mir im Vorübergehen gezeigt hast. Auch mein Hotel ist nur ein paar Minuten entfernt. In dieser Stadt ist kein Weg wirklich weit. Erst nachdem wir uns die Hand gereicht haben, bittest du mich um meine E-Mail-Adresse. Natürlich unwissend, was sich daraus entwickeln würde, gebe ich dir meine Karte.

Ich habe die kurze Begegnung mit dir schon aus meinem Gedächtnis verloren, da meldest du dich. Nicht mit einer Mail, du rufst an. Ich erkenne sofort deine Stimme, Mona, noch bevor du deinen Namen nennst. Warum vermag ich mich nicht zusammenzureißen, frage ich mich später, nur für diesen kurzen Anruf? Alles wäre anders gekommen, bin ich mir sicher. Aber nein, ich muss mir Luft verschaffen, sprudle in schnellen Sätzen meine schlechte Stimmung heraus, die ich dir mit Problemen erkläre, die ich mit meinem neuen Roman habe.

Du lachst dein dunkles Lachen, bringst mich völlig aus dem Konzept.

»Komm«, sagst du, »wir gehen wandern. Das hilft immer, pustet nämlich den Kopf durch.«

Wo, Mona?

Schon hast du das Netz ausgeworfen, in dem ich mich verfangen werde.

Du verrätst mir am Telefon nicht, wo wir zusammen wandern werden, nennst mir einen Bahnhof – eine Station vor deiner Stadt –, den Tag und die Stunde. Und dann sagst du zum ersten Mal Ernest zu mir.

Ernest?

Dunkles Lachen. »Hast ihn doch sicher gelesen, deinen berühmten amerikanischen Kollegen, oder?«

Also gut, Mona, wandern wir.

Mir hat unser kurzes Gespräch geholfen, bin nicht mehr allein auf mein geistiges Hemmnis fixiert, kann es, siehe da, auf einmal mit leichter Hand lösen.

Auf der Autobahn, unterwegs zu unserem Treffen, beschäftigt mich die Frage, ob sich hinter dem Wort »wandern« ein unbekanntes Terrain verbergen könnte. Weshalb treffen wir uns nicht im oder zumindest vor dem Haus, das du mir in der Nacht als deines gezeigt hast? Lauert da ein Geheimnis, Mona? Bist du vielleicht verheiratet? Ist das der Grund, dass ich eine frühere Ausfahrt nehme, um zur vereinbarten Bahnstation zu kommen? Wen versteckst du, Mona, dich oder mich, uns beide? Droht da nicht eine Prise Gift bereits im Anfang, der nicht einmal gemacht ist?

Ich lasse den Wagen auf den Kurzzeitparkplatz vor dem alten Bahnhofsgebäude rollen. Du wartest schon auf mich, steigst ein, wirfst mir ein Lächeln aus deinen Katzenaugen zu, das Steine erweichen könnte, streichst mit deiner Hand kurz über meine am Lenkrad. In mir steigt eine bittersüße Wärme auf und auch die Frage nach dieser Geste, einer Nähe ohne Grundlage. Oder ein Versprechen, wie ich später vermuten werde.

Wir fahren aus dem Tal hinaus, die Straßen werden steil. Das Wetter präsentiert sich prächtig, ein Frühlingstag aus dem Reiseprospekt, ganz für eine Wanderung gemacht: Sonne, die Berge mit den Schneekappen vor uns, nicht zu warm, ein schwacher Wind.

Der Wald liegt hinter uns, du weist mich zum Wanderparkplatz, der links der Straße liegt.

Ich ziehe die Wanderschuhe an, setze den Rucksack mit dem Proviant auf, schaue mich um. Wir stehen wie auf einem Balkon, sehen hinunter ins Tal, Spielzeuglandschaft, und zu den zum

Greifen nahen graublauen Steinriesen. Weit im Bild rechts, gerade noch zu sehen auf einem bewaldeten Felsvorsprung, die Burgruine, unser Ziel, wie du mir gesagt hast.

Wir marschieren los und es zeigt sich, dass der Weg dir nicht fremd ist. Ich folge ihm mit den Augen und meine Ohren deinen Worten. Vor dem steilen Anstieg zur Burg stecken wir mitten in einer lebhaften Diskussion, die vor den Resten des Zugangs versickert. Im Burghof verlässt du meine Seite, bist mir leicht voran, bewegst dich sportlich, geschmeidig, schön anzusehen. Meine Augen saugen sich an dir fest, meine Fantasie beginnt zu gaukeln. Unerwartet schaust du zurück. Mit einem einfältigen Lächeln sehe ich dich an. Ahnst du, was in meinem Kopf vorgeht?

Dann sitzen wir auf der Burgmauer, schauen in der Weite spazieren, genießen die Ruhe, lauschen der Natur, schweigen zusammen.

Es ist eine schöne Stunde auf der Mauer der Ruine, die mir als völlig unbeschwert im Gedächtnis bleiben wird.

Dann küsst du mich zum ersten Mal. Du nimmst meinen Kopf zwischen deine Hände, legst deine Lippen leicht auf die meinen und lässt deine Zunge spielen.

Was war das für ein Kuss, frage ich mich noch heute?

Spätestens nach dieser Szene hätten alle meine Alarmglocken anschlagen müssen. Obwohl ich mich kenne, will ich die latente Gefahr nicht wahrnehmen. Du wirst mich dir unterwerfen, mich zu deinem gehorsamen Sklaven machen und dein geheimnisvolles Spiel spielen, Mona, zu dem ich die Karten liefere. Ich werde diese Sinnenlust aufregend finden, erregend, diese Art von offener Leidenschaft habe ich noch nicht erlebt.

Später, zurück am Parkplatz, zeigen mir deine Finger und deine begleitenden Worte den Weg in ein Tal zwischen bewaldeten Höhen. Eine schmale Straße, nur ein besserer Weg, führt von der Landstraße ab. Schließlich eine Auffahrt und gleich darauf rollen wir vor eine alte Berghütte, eher eine Landvilla.

Ich sehe dich an, frage mit den Augen, bekomme von dir keine Antwort. Du steigst aus, gehst zum Haus und ich folge dir. Du schließt die dunkle Holztür mit dem aufgemalten Wappen auf und wir betreten das Haus, du voran. Im Flur und im nachfolgenden Wohnraum machst du Licht, lässt mir Zeit, mich umzuschauen.

Nahe dem Kamin stehst du vor mir, küsst sanft meine Lippen und fragst mit unschuldigen Augen, ob ich mit dir duschen wolle.

Was stellst du nur für Fragen?

Deine Schönheit, die sich mir ins Gedächtnis eingebrannt hat, werde ich stets vor Augen haben, wenn ich an dich denke. So wie dich, Mona, so sollte man sich eine griechische Göttin vorstellen, wie von einem begnadeten Bildhauer geschaffen, wie in Museen zu bewundern, alle Formen in Vollendung.

Eine herrliche Ewigkeit später sitzen wir, in weiße Bademäntel gehüllt, am Tisch seitlich des Kamins und trinken Tee. Weißen Tee.

Das Haus, das Grundstück mit Wald, gehört deinem Bruder, den ich nicht kennenlernen werde. Du hast mir nicht einmal verraten, wie dein Bruder heißt und wo er lebt. Heute frage ich mich, gibt es ihn überhaupt?

Wir gehen nach oben und nach den ersten Stufen lässt du den Bademantel über die Schulter auf die Treppenstufen gleiten, schreitest, als wäre nichts, weiter hinauf. Ich sehe ungläubig, wohl mit offenem Mund, dieser wunderschönen Nackten nach. Du winkst mir mit dem Zeigefinger und ich folge nur zu gerne.

Zum Abend – durch die geschlossenen Läden herrscht bei uns von Anfang an die Nacht – schmausen wir feine Sachen, die du in einer schwarzen Tasche mitgebracht hast: Tomaten, Mozzarella, Oliven, Tiroler Speck, Baguette, trinken Rotwein dazu.

Wir hören Musik. Du liebst die Madrigale von Monteverdi. Ich sage dir, dass ich Richard Wagner verehre.

Nach dem letzten Schluck Wein nimmst du meine Hand und führst mich nach oben in das Zimmer mit dem großen Bett.

Du bist eine Göttin der Liebe, eine Venus. Während dieser ersten Stunden in diesem Haus nimmst du mir mit tabulosem, wildem, fantasievollem Liebesspiel, deiner nackten Gier den Atem. Deine geschickten Hände und Lippen machen mich verrückt und deine gehauchten Liebesworte nehmen mir den Rest des Verstandes.

Fasziniert von dir will ich von dieser dumpfen Angst, die mir schon im Herzen aufsteigt, nichts wissen. Was bist du für eine Frau, Mona?

Am nächsten Morgen trinken wir Kaffee, essen einen Hefezopf, auch aus der schwarzen Tasche. Nachher machen wir einen längeren Spaziergang, fast schon eine kleine Wanderung.

Unterwegs muss ich mich auf deine Worte konzentrieren. Du forderst mich geistig, breitest einen gedanklichen Teppich vor mir aus, den zu betreten mir einiges abverlangt. Für dich muss es immer hohes Niveau sein, in der körperlichen Begegnung und bei der geistigen Auseinandersetzung.

Du bist mir ein Rätsel, Mona.

Die Tage gehen zu Ende, sind aufregend schön, aber auch anstrengend. Diese Wochenenden, ein- oder manchmal zweimal im Monat, ganz nach deinem Wunsch, Mona, werden zu einem Ritual, das mich magisch anzieht. Und vor dem ich eine gewisse Bangigkeit habe. Der Wunsch, nicht mehr zu fahren, die ganze Zeit über intensiv, zerbröselt am Samstagmorgen zu nichts. Dein Fluidum, Mona, ist stärker.

Bis zum Sommer hebt sich der geheimnisvolle Mantel, der dich umgibt, nicht um einen Zentimeter. Der Gedanke, die Frage, wer du eigentlich bist, belastet mich bis in meine Arbeit hinein, lenkt mich ab und wächst ständig. Sag, was steckt dahinter, dass du sogar während der Schulferien für mich unerreichbar bist?

Ich kann es nicht mehr hören, wenn du auf meine quengelnden Fragen lächelnd rufst:

»Sei nicht neugierig, Ernest!«

Einmal schiebst du noch einen Satz nach, der mir nicht mehr aus dem Kopf geht:

»Ist dir unsere spielerische Liebe zu wenig, Ernest?«

Gerade diese letzte Frage hat mich getroffen, Mona. Nicht, weil du sie gestellt hast, nein, weil ich sie mir selbst schon gestellt habe. Es ist die versteckte Frage nach Liebe. Was uns verbindet, das ist keine Liebe, das ist ein seltsames Spiel. Bin ich dir hörig? Ich komme immer mehr aus dem Lot.

Anfangs der großen Ferien fahre ich in deine Stadt, stehe vor deinem Haus, drüben auf der anderen Straßenseite. Auf einmal bleibt jemand neben mir stehen, hat eine Baumwolltasche in der linken Hand, schaut mit mir hinüber, wo kein Lebenszeichen zu erkennen ist. Diese Person lüftet mir dein Geheimnis, jedenfalls so weit, dass mir dein Wesen etwas verständlicher wird.

Das Haus, dein Haus, Mona, ist das Haus einer religiösen Frauengemeinschaft, fünf Frauen, alle in sogenannten dienenden Berufen tätig. Krankenschwester, Hospizärztin, Fürsorgerin, Erzieherin, Lehrerin. Der Name der Lehrerin ist Magdalena. Magdalena? Das bist du, Mona. In der Bibel ist Magdalena eine Sünderin. Hast du dir den Namen selbst gewählt? Ist Mona auch ein ausgesuchter Name? Ist die Mona aus Henry Millers *New York Chronik* deine Namenspatin?

Ich denke viel nach, glaube zu erkennen, wenn auch reichlich unscharf, wer du bist. Als Dienerin Gottes frei von Sünde, das ist Magdalena. Mona lebt ihre Bedürfnisse, ihre Begierden aus. Um diese Trennung zu bewahren, darf ich nicht in dein Viertel, nicht mal in deine Stadt.

Im Sommer fühle ich mich immer unwohler mit dir, Mona. Gewiss, unser Zusammensein, unsere Spiele sind aufregend, lassen das Herz wild schlagen, rauben mir alle Vernunft. Doch wird mir bewusst, ich werde von dir benutzt, fühle mich in deinen Armen gefangen.

Mir fehlt der Mut, mit dir zu sprechen.

An einem Abend fragst du nach, lässt nicht locker. Und ich rede, du unterbrichst mich nicht, hörst geduldig zu, hast Verständnis für den Ernest. Leider ist es so, dass ich nicht über mein Problem mit dir rede, sondern über mein Schreiben.

»Übertreibst du nicht, Ernest? Nimmst du dich vielleicht zu ernst?« Du lachst leise, ziehst mich an dich, öffnest den Bademantel, tröstest mütterlich das schmollende Kind.

Ich höre deine betörende Stimme, die eine Giftpflanze in mein Herz setzt, die erst mit Verzögerung eine verstörende Wirkung bei mir hat.

Meine Bücher, so schmeichelst du, hätten dir von der ersten Seite an gefallen, auch, weil sie dir vertraut vorgekommen seien, als hättest du sie früher bereits gelesen.

Ich werde an deiner Brust zu Eis. Was für ein Missverständnis.

Danach sehen wir uns länger nicht, was mir guttut. Für einige Wochen bin ich zu Gast im Ferienhaus meines Verlegers in der Steiermark. Im Herbst erscheint mein neues Buch und ich bin auf Lesereise. Während der Fahrt zum Treffpunkt, Mitte November, habe ich nervöses Magendrücken. Ich freue mich nicht wirklich auf dich, bin andererseits gespannt, mit was du mich überraschen willst, wie du am Telefon gesagt hast.

Erst einmal ist alles wie gewohnt, dein Heißhunger auf mich ist nicht abgekühlt, was sich nach dem einleitenden Spaziergang zeigt.

Nach dem Essen, der Wein ist geöffnet, du ziehst deine Beine unter dich, sagst nichts, nimmst das in Geschenkpapier eingeschlagene Päckchen, wohl ein Buch, vom Tisch, hältst es mir hin. Ein Geschenk.

»Ernest, bitte erst zu Hause auspacken.« Dabei schaust du mich mit lächelnden Augen an.

Ich halte mich an deine Bitte. Aber zu Hause reiße ich sofort das Papier auf. Es ist ein Buch, ein altes Buch, gut hundert Jahre alt. Ich setze mich hin und beginne zu lesen. Schon nach wenigen Seiten lasse ich es zu Boden fallen, starre es wie eine gefährliche Kobra an. Der mir unbekannte Autor schreibt über das Thema meines aktuellen Buches, hat nur andere Worte für meine Vorstellungen und Gedanken. Kann das sein? Wie kommst du an dieses Buch? Ich muss dich das fragen, unbedingt. Lockst du mich damit zum nächsten Treffen, das wir für den Tag vor dem Heiligen Abend, nur für diesen einen Tag, vereinbart haben?

Hast du geahnt, was passieren wird, Mona? Diese Frage stelle ich mir noch heute und finde keine Antwort. Sagen kann ich aber, du bist keine *anima candida* gewesen, nur ein Mensch, der seinen Platz suchte und nicht fand.

Seit zwei Tagen schneit es ununterbrochen. Die Fahrt zu unserem Treffen dauert darum länger. Du wartest dick eingepackt unter dem Dach der Bushaltestelle. Als du neben mir sitzt, unsicher bist, ob wir uns küssen sollen oder nicht, eben in dieser Sekunde liebe ich dich, Mona, und dieses Gefühl wärmt mir die Brust.

Ich stelle den Wagen in die Garage, ziehe die Stiefel an, die ich im Kofferraum habe, und wir brechen zu unserem Spaziergang auf, dem vielen Schnee zum Trotz. Du gehst voraus und wir verlassen das Grundstück nach hinten hinaus, erreichen den schmalen Pfad durch den Wald.

Wir werden direkt an dem Felsabbruch vorbeikommen, denke ich. Führst du mich in Versuchung, Mona? Während ich mit zwei Schritten Abstand hinter dir her stapfe, wird mir erschreckend klar, ich habe einen Fehler gemacht.

Der dicht fallende Schnee hängt, einem verschleiernden Vorhang gleich, zwischen uns. Ich nehme mir fest vor, und das beruhigt mich, nachher in meinen Wagen zu steigen und trotz des

Wetters nach Hause zu fahren. Ich werde das Haus nicht mehr betreten, will nur noch frei sein von dir. Mit aller Macht.

Wo bist du, Mona? Bin ich unbewusst langsamer gegangen, sogar stehen geblieben und du bist mir ein Stück voraus? Hier oben auf dem Grat ist die Sicht im dichten Schneetreiben nicht nur äußerst eingeschränkt, sie ist annähernd null. Ich erkenne – woran eigentlich? –, dass wir uns über dem Abbruch befinden.

So eilig ich auch dahinstapfe, ich hole dich nicht ein. Wo bist du? Dann komme ich an die Stelle nahe dem Haus, wo der Weg aus dem Wald auf die Straße trifft.

Auch vor dem Haus finde ich dich nicht. Einen Moment stehe ich unentschlossen im Schnee, der Wind bläst mal von da, mal von dort.

Da überfällt mich ein absurder, ein schrecklicher Gedanke. Solch eine bestürzende Situation erlebe ich nicht zum ersten Mal.

Ich laufe los, nicht nach hinten, sondern die Straße entlang. Der Schnee hüllt mich ein, aber es gelingt mir, den steilen Weg durch den Wald zu finden, der in die Schlucht hinabführt. Auf allen vieren rutschend komme ich unten an, muss weiter nach rechts. Bis zum Felsabbruch sind es gut hundert Meter. Die ganze Zeit hämmert mir die Frage durch den Kopf: Habe ich meinen stillen Wunsch, dich umzubringen, in die Tat umgesetzt?

Plötzlich spüre ich den kalten Wind, der durch die enge Schlucht drängt. Ich ahne die dunkle Wand über mir. In mein Blickfeld schiebt sich die Kapelle *Lamm Gottes.* Sind wir hier vorbeigekommen, bist du jedes Mal für eine Weile im Gebet versunken.

Erstarrt, zur Salzsäule quasi, bleibe ich stehen, rühre mich nicht vom Fleck. Ich habe dich gefunden, Mona.

Du sitzt mit dem Rücken gegen die Gittertür der Kapelle gelehnt und schaust mich an. Mit Mühe bewege ich mich auf dich zu, fühle mich auf einmal unendlich schwach. Meine Beine verweigern mir den Dienst. Ist Vorwurf in deinem Blick zu lesen?

Nein, in deinem Blick ist kein Leben mehr, deine Augen sind offen und stumm.

Du bist tot, Mona.

Ich lächle dir zu, wende mich zum Gehen.

4

Roth ermittelt – Die Tote im Schnee

Roth, Kriminalhauptkommissar beim LKA in München, war erfolgreich in seinem Beruf. Einer der Grundpfeiler dafür war sein Faible für Logik und folglich *a posteriori* sein genaues Abwägen aller relevanten Punkte eines Problems. Daraus baute er sich ein Gerüst, eher den Rahmen eines Puzzles, in das er alle weiteren Erkenntnisse einpasste und überprüfte.

Gerade hatte ihn sein Vorgesetzter, Polizeioberrat Kimmel, zu sich gerufen. Er hatte sich gefragt, was Kimmel von ihm wollte. Erst am Freitag davor hatten sie zusammengesessen und Roths letzte beiden Fälle abschließend besprochen. Im Plauderton, ganz locker, so wie gute Freunde, die sie waren, beinahe privat.

Wenn Roth Kimmel gegenübersaß, nahm er es längst nicht mehr als störend wahr, wenn der Freund sich alle paar Minuten an den Kragen griff, um den perfekten Sitz der dezenten Fliege zu prüfen. Dieser Tick war für Roth selbstverständlich, gehörte zu Kimmel einfach dazu.

Im ersten Fall vor zwei Wochen hatte Roth einen kniffligen Todesfall, einen vermuteten Mord, in der Nähe des Sims-Sees geklärt, indem er unzweifelhaft nachgewiesen hatte, dass es sich um einen Unfall gehandelt hatte, nicht um Mord. Kimmel lobte den Freund als Fachmann für das *flache Land*. Die leise Ironie im Ton wollte Roth mit Bedacht nicht ernst nehmen, gab also auch keinen Kommentar dazu.

Im zweiten Fall war der Luftraum der Tatort gewesen. Eine Drohne, die immer wieder Starts und Landungen im Erdinger Moos bedroht hatte. Kimmel hatte Roth zur Unterstützung der Bundespolizei und des Security-Departments des Airports geschickt.

Zunächst führte der Hauptkommissar viele Gespräche. Dann ließ er sich ein Fahrrad geben und radelte am Zaun entlang, außen, umrundete in jeder Richtung einmal das Areal des Flughafens. Am nächsten Morgen lief er stundenlang ziellos durch alle Bereiche, begleitet von einem Sicherheitsmann, der Generalzutritt hatte. Seine Augen registrierten alles und er dachte nach, verarbeitete seine gewonnenen Erkenntnisse. Am späten Nachmittag dieses zweiten Tages legte er als Mitglied der SOKO »Drohne« in Einzelheiten das Ergebnis seiner Überlegungen und die Folgerungen daraus dar. Seinen Empfehlungen wurde entsprochen und keine zwölf Stunden später wurde der »Pilot« der Drohne festgenommen, auf frischer Tat, denn Roth hatte mit dem Ort, von dem die Drohne gesteuert wurde, genau richtig gelegen. Woher er sein Wissen, seine feste Sicherheit hergeleitet habe, wurde er gefragt, aber er antwortete nicht, hob nur vielsagend die Schultern, lächelte.

Er hatte sich von der SOKO verabschiedet, solo ein Bier in einem Lokal getrunken, bevor er mit der S-Bahn zurück in die Stadt gefahren war.

Jetzt saß er erneut mit Kimmel zusammen auf dem Sofa gegenüber dem Schreibtisch und las eine ausgedruckte Mail. Darin schrieb der Leiter der GAP-Polizeiinspektion von einem besonderen Fall, den sie »Kapelle Lamm Gottes« nannten. Mit den Ermittlungen kamen sie nicht weiter, standen ohne Wenn und Aber vor einem Rätsel. Sie baten um Hilfe vom LKA, um vielleicht doch noch Licht in das Geheimnis des Todes einer Lehrerin zu bringen.

»Würdest du das übernehmen?«, fragte Kimmel und zupfte an seiner Fliege.

»Auf meine Art?«

Roth beherrschte das Teamwork, ging aber lieber allein auf Spurensuche. Nach Art des einsamen Wolfs, hatte Kimmel einmal diese Vorgehensweise genannt.

»Wie du es für richtig hältst. Fahr hin und schau, ob du was findest. Viel Erfolg, Roth.«

»Auf zu einem neuen Abenteuer. Danke, Kimmel.«

Keine Stunde später, in seinem Dienst-BMW unterwegs auf der A95 gen Süden, formulierte er seinen Auftrag anders, nicht mehr als Abenteuer. Wieder auf der Suche nach der blauen Blume, sagte er zu sich. Das klang viel romantischer, nicht so siegesgewiss.

Immer näher kam er den Bergen, die sich bis weit herunter schneebedeckt zeigten.

Vom Parkplatz vor der Inspektion aus bot das Wettersteingebirge einen grandiosen Anblick. Als er das Gebäude betrat, ging es dort nicht eben hektisch, aber auch nicht ruhig zu. Wie ihm auf seine Frage hin gesagt wurde, wurde von hier aus die Suche nach einer vermissten Gruppe Bergsteiger koordiniert.

Da Roth keiner war, der sich selbst zu wichtig nahm, auf keinen Fall den großen Maxe aus der Landeshauptstadt zu markieren gedachte, hielt er sich abseits, wartete ab, bis er einer Sekretärin, die Zeit für ihn hatte, sein Hiersein erklären konnte. Wie es seine Art war, sprach er leise und in freundlichem Ton, bat sie, ihm zu helfen. Und plötzlich ging es schnell. Kaum war sie aus der Tür, kam sie schon zurück und begleitete den Besucher zu einem Kollegen. Dort bedankte sich Roth, ließ sich von dem Kollegen mit Handschlag begrüßen. Die Mitarbeiterin der Inspektion hatte ihn an die genau richtige Adresse gebracht. Der Kommissar war mit dem ungewöhnlichen, um nicht zu sagen merkwürdigen Fall vertraut, den er eine regelrechte Schnitzeljagd ohne wirkliches Ziel nannte. Roth bekam von ihm die Ausgangslage und die Ermittlung in Erzählform geboten, hörte stumm und sehr aufmerksam zu. Noch machte er sich keine Notizen, verließ sich ganz auf sein hervorragendes Gedächtnis.

Später erst fragte Roth nach den Akten. Der Kollege nickte, brachte Roth in ein kleines Büro neben dem seinen und überließ ihn vor dem Bildschirm den gar nicht so umfangreichen digitalen Unterlagen. Roth dankte, bat um einen Kaffee, und als die Tasse vor ihm stand, begann er die Dateien zu studieren. Immer wieder schrieb er einen Stichpunkt in sein rot eingebundenes Notizbuch. Auf einer separaten Seite sammelte er die Fragen, die sich ergaben, die er dann nach einem Mittagessen in der nahen Pizzeria mit dem Kollegen besprach.

Vom Mittagstisch aus gingen die beiden Männer zu der Pension, in der für Roth ein Zimmer reserviert war. Nach der Begrüßung durch die Wirtin und der Besichtigung des Zimmers blieb Roth zunächst dort. Vom Fenster aus hatte er freien Blick hinauf zum Kramer.

Für diesen Tag hatte Roth nicht mehr geplant, sich noch mal in der Inspektion sehen zu lassen. Er ging ohne festes Ziel durch den Ort spazieren, saß lange in einem Café. Immer wieder ließ er dabei seine innere Aufzeichnung von der Erzählung des Kollegen laufen und blätterte in Gedanken in den Seiten der Akten. Was ihm noch wie ein wirres Knäuel von Informationen vorkam, musste er zeitnah in eine brauchbare Ordnung bringen. Noch hatte er keinen Fadenanfang in der Hand, war noch blind wie ein junger Hund, meinte aber, vage Ansatzpunkte zu sehen, bei denen er möglicherweise einhaken konnte. Mit seiner winzigen Schrift notierte er Fragen in sein rotes Buch. Das Phantom eines Täters belegte er vorläufig mit dem Pseudonym XY. Die Kollegen hatten nicht einmal einen unscharfen Anhaltspunkt, eine leise Idee, wer dieser XY sein könnte. Es war so, dass er sich während der Ermittlungen nicht in einem Nebel unsichtbar machte, schlimmer, ihn schien es nicht zu geben. Irgendwo in den Worten, den gesprochenen und geschriebenen, musste sich ein Hinweis auf XY verstecken. Roth wusste es, er zweifelte nicht daran.

In einem gemütlichen Lokal gleich um die Ecke der Pension trank er erst ein Bier, dann ein zweites und ein drittes. Als er sich endlich in das fremde Bett legte, hoffte er, die nötige Schwere zu haben, um schnell einschlafen zu können. Es war immer sein Kopf, der keine Ruhe geben wollte, solange er sich mit einem Problem beschäftigte. Mit offenen Augen sah er den Lichtern zu, die von draußen surrealistische Zeichnungen an die Decke zauberten. Erst als er noch mal aus dem Bett stieg, die Jalousie herunterließ, dämmerte er weg.

Am nächsten Morgen meinte er, kurz vor dem Einschlafen noch zwei Ansätze gefunden zu haben, mit denen er beginnen konnte. Unter der Dusche fielen sie ihm wieder ein.

Nach einem reichlichen Frühstück mit mehreren Tassen Kaffee verließ Roth die Pension. Vorher hatte er darum gebeten, sein Zimmer eine weitere Nacht behalten zu können. Vom Tisch neben der Rezeption hatte er sich einen der ausgelegten Stadtpläne mitgenommen und ihn studiert. So wusste er, dass er zu dem Haus, das der Kollege ein Beginenhaus genannt hatte, zu Fuß gehen konnte, da es im gleichen Viertel lag.

Das Haus fand er in einer stillen Nebenstraße. Es war unauffällig, schon ein wenig in die Jahre gekommen, von einem großen, gepflegten Garten umgeben.

Die Frauen waren keine Beginen, wusste Roth, sie waren eine christliche Gemeinschaft, lebten wie die Beginen ohne Gelübde, nicht in Klausur, und waren ehelos. Die fünf Frauen, jetzt vier, arbeiteten in sozialen Berufen.

Die Studienrätin war in einem Gebirgstal, vor einer Kapelle, die »Lamm Gottes« hieß, im Schnee sitzend gefunden worden. Gestorben war Magdalena, wie sie in der frommen Kongregation hieß, nicht durch die Kälte oder einen Unfall, sondern durch einen Genickbruch. Durch Gewalt, durch die Hände eines Mörders, durch XY.

Roth wanderte einmal durch die Straßen, quasi um den Block, dessen Mitte ungefähr das Haus der Gemeinschaft war. Wiederum einige Straßen weiter lag das Gymnasium, an dem Magdalena unterrichtet hatte.

Spontan betrat er den menschenleeren Schulhof, schritt unter den drei Kastanien hinweg zum Eingang. In der hellen Vorhalle – in seiner Schule, erinnerte Roth sich, hieß das Foyer – traf er auf den Hausmeister, den er an seiner Kleidung zu erkennen glaubte. Roth ging ihm lächelnd entgegen und bat um die Beschreibung des Weges zum Lehrerzimmer.

»Ich bringe Sie«, sagte der Mann bestimmt. Sein Dialekt verriet ihn als Einheimischen.

Roth dankte und ging neben dem Hausmeister her.

Erst in einem der langen Flure wurde Roth von seinem Führer angesehen. »Madl oder Bub?«

Roth blickte ihn verwundert an.

»Sie sind doch sicher wegen dem Nachwuchs hier. Oder nicht?«

»Oder nicht«, sagte Roth und schmunzelte.

Der Mann lachte leise, wie verlegen, vermutlich vermochte er sich Roths Anwesenheit nun nicht mehr zu erklären.

Vor zwei nahe beieinanderliegenden Türen blieb der Hausmeister stehen. »Rechts das Sekretariat, links das Lehrerzimmer. Bittschön.«

Roth schenkte ihm ein Lächeln, dankte, klopfte an der rechten Tür und trat ein. Zwei Frauen schauten ihn von ihren Schreibtischen aus an.

Roth stellte sich vor, zeigte seine Legitimation und erklärte, er sei wegen Maria Gutknecht hier. Er würde gerne mit einer Kollegin oder einem Kollegen sprechen, die Frau Studienrätin Gutknecht etwas näher gestanden hätten.

»Befreundet, meinen Sie?«, fragte eine der Frauen nach.

Roth nickte lächelnd.

»Das ist nicht einfach«, sagte die zweite Frau. »Frau Dr. Gutknecht war distanziert, fast schon unnahbar, nicht interessiert an Freundschaft.«

»Was hat sie unterrichtet?«, fragte Roth, obwohl er es wusste.

»Mathematik und Physik«, sagte die eine.

»Und sie hat die Schulbibliothek betreut«, sagte die andere. »An Literatur war sie schon interessiert.« Dann: »Doktor Halmund hat doch zusammen mit ihr die Bibliothek betreut, oder nicht?«

Gleich darauf stand Roth im Lehrerzimmer Dr. Halmund gegenüber. Er war ein jüngerer Lehrer, klein und gedrungen, mit einem runden, freundlichen Gesicht, etwas gelichteten blonden Haaren. Er drückte fest Roths Hand und bot dem Gast sofort einen Platz an einem der großen Tische und einen Kaffee an.

Roth erklärte dem Lehrer in wenigen Sätzen den Zweck seines Kommens und bat ihn danach, ihm von der toten Kollegin zu erzählen, einfach so aus dem Stegreif, ohne viel nachzudenken, was ihm so einfiel.

Was Roth zu hören bekam, war eine fast pastellfarbene Zeichnung einer bezaubernden Persönlichkeit, das Psychogramm einer hervorragenden Pädagogin. Der unscheinbare Mann war ernsthaft verliebt gewesen in Maria Gutknecht, kein Zweifel. Roth gefiel die Beschreibung der toten Lehrerin, aber sie brachte ihm nichts wirklich Greifbares, keinen Hinweis, der ihm helfen konnte.

Das Interesse der Kollegin für Literatur präzisierte Dr. Halmund auf eine Frage von Roth dahin, dass es vor allem die zeitgenössische Literatur war, für die sie sich begeistert hatte.

Ein dezentes Klingelzeichen ließ den Doktor den Kopf heben, auf die Uhr sehen und Roth einen schnellen Blick zuwerfen. »Die Pflicht ruft«, sagte er, erhob sich, reichte Roth die Hand.

»Habe die Ehre«, sagten beide wie aus einem Mund, lächelten auch synchron.

Halmund hatte sich schon weggedreht, als er stehen blieb und sich noch einmal Roth zuwandte. Wenn der Herr Kommissar Auskunft über Marias Literaturbegeisterung bekommen wolle, sollte er Edgar Amman in seinem Uhrengeschäft nahe der Kirche fragen.

»Wer ist Amman?«

»Er ist der Kopf der *Bücherfreunde*, einem lockeren Kreis Literaturenthusiasten, zu denen auch Maria gezählt hat.«

Roth nickte. »Danke«, sagte er.

Halmund nickte zurück.

Auf dem Schulhof, unter der mittleren Kastanie, blieb Roth stehen, schrieb in sein kleines Buch. Von diesen *Bücherfreunden* hatte er in den Akten nichts gelesen.

Kurz bevor er das Haus der Frauenkongregation erreichte, machte er noch einmal Halt, um noch etwas zu notieren.

Am Gartentor klingelte er jetzt ohne Zögern, sah wartend zum Haus. Erst nach einer kleinen Weile öffnete sich die dunkle Haustür. Eine blonde Frau in einem knöchellangen grünen Rock und einem Strickpullover in Brauntönen sah herüber, schritt dann die vier Stufen herunter und kam auf dem Plattenweg auf Roth zu. Auf ihrem schmalen Gesicht lag eine neutrale Freundlichkeit.

Roth sagte seinen Spruch, währenddem die Frau ihre Augenbrauen hob. Sie ließ Roth in den Garten, ging ihm voraus zum Haus, führte den Besucher in das Wohnzimmer mit Blick in den Garten, im Hintergrund die Berge. Der Raum war sparsam mit Geschmack eingerichtet.

Hier stellte sich die Frau als Veronika vor und teilte Roth mit, nur eine zweite Mitschwester sei im Haus, die beiden anderen erst am Abend. Dann bot sie Roth einen der alten Sessel an und kaum hatten sie Platz genommen, trat die zweite Frau in das Wohnzimmer. Die langen dunklen Haare hatte sie im Nacken mit einem weißen Tuch zusammengebunden, das weiße Kleid fiel bis zu den Knöcheln. Sie grüßte und setzte sich auf das Sofa, ein wenig von den Sesseln entfernt.

Im Verlauf des Gesprächs erfuhr Roth, dass Veronika als Krankenschwester, die zweite Frau, Elisabeth, als Fürsorgerin arbeitete. Am Abend würde er Hildegund, die Hospizärztin war, sowie Esther, eine Erzieherin, kennenlernen.

Roth animierte die Frauen, ihm von Magdalena zu erzählen, hörte aufmerksam zu, achtete auf Zwischentöne, Gesichter und Gesten.

Veronika und Elisabeth sangen eine Lobeshymne auf ihre Mitschwester Magdalena, die viel gelesen hatte, gerne wandern gegangen war, ihren Beruf geliebt hatte und mit Freude im Garten zugange gewesen war.

Magdalena würde arg vermisst in der Gemeinschaft, sie sei ein starker Halt gewesen. Jeden Tag würde für ihre unsterbliche Seele gebetet, wurde Roth versichert.

Die Frauen bewirteten ihn mit Orangensaft aus fairem Handel und selbst gebackenen Plätzchen, doch sie erzählten ihm nichts, was er nicht bereits aus den Computerdateien kannte.

Schließlich bedankte er sich, erinnerte an sein Erscheinen am Abend, verabschiedete sich und wurde von beiden Frauen bis zur Gartenpforte begleitet.

Auf seinem Weg zur Polizeiinspektion wählte Roth die Nummer von Magdalenas Bruder in Mittenwald, die er aus dem Computer hatte. Bereits nach dem dritten Zeichen meldete sich Robert Gutknecht. Als Roth erklärt hatte, um was es ging, schlug der Arzt vor, sich zum Mittagessen im Gasthof »Post« in Mittenwald zu treffen, der Hauptkommissar solle an der Theke nach ihm fragen.

Nach Mittenwald war es nicht weit. Doch in der Nähe der »Post« einen Parkplatz zu bekommen, war keine einfache Sache, brauchte Zeit und Geduld.

Bevor Roth an der Theke fragte, ließ er den Blick durch das Restaurant spazieren, auf der Suche nach Gutknecht, und wie sich zeigte, erriet er das richtige Gesicht.

Robert Gutknecht war ein sportlicher Typ, trug eine randlose runde Brille, hatte kurze rostfarbene Haare und sah Roth mit einem offenen Lächeln entgegen. Nach dem Foto aus den Akten zu urteilen, sahen sich die Geschwister ähnlich, entschied Roth.

Eine Bedienung nahm ihre Bestellung auf und als sie den Tisch verlassen hatte, bat Roth den Arzt, ihm von seiner Schwester zu erzählen.

Halbschwester, um genau zu sein, sagte Gutknecht, was aber in ihrer Beziehung nie eine Rolle gespielt habe. Maria und er hätten den gleichen Vater, Josef Gutknecht, ebenfalls Arzt in Mittenwald.

Noch hatten sie nicht die Mahlzeit beendet, waren noch nicht beim Kaffee angelangt, als die Erzählung des Arztes ins Stocken kam. Roth fragte jetzt gezielt nach, auch mit abrupten Wechseln der Richtungen. Er bat Gutknecht, ihm ohne zu überlegen, spontan zu antworten. In den graublauen Augen Gutknechts blitzte es, keineswegs erbost, eher erheitert, doch er nickte seine Zustimmung. Also fragte Roth und tatsächlich brachte das Spiel etwas hervor, was sich Roth erhofft, mit dem er aber nicht gerechnet hatte.

Der Arzt erinnerte sich, bedingt durch Assoziationen, an eine für ihn eigentlich unbedeutende Anekdote. Maria habe von einem Schriftsteller ganz begeistert gesprochen, was sonst gar nicht ihrer Art entspreche. Der Mann habe bei den *Bücherfreunden* in Garmisch gelesen.

»Wie hieß dieser Schriftsteller?«, fragte Roth sofort nach.

»Daran kann ich mich nicht erinnern, leider.« Bedauernd hob Robert Gutknecht die Schultern. »Ein ehemals bekannter Schauspieler hatte den gleichen oder einen ähnlichen Namen. Doch er will mir partout nicht einfallen, tut mir leid.« Roth solle ihm seine Karte geben und er versprach, ihn anzurufen, sobald ihm der Name einfiele. Er glaube, seine Schwester habe von dem Autor ein Buch bei ihm liegen lassen. Nur müsse er danach suchen.

Beim Kaffee sagte Gutknecht: »Maria hat mal nebenbei gesagt, mit diesem Mann würde sie gerne einmal wandern gehen.«

»Hat sie?«

»Wandern? Das kann ich Ihnen nicht sagen. Ich bin nicht einmal sicher, ob es der gleiche Mann war, von dem sie gesprochen hat.«

»War Ihre Schwester oft in Ihrem Wochenendhaus?«

Der Arzt lächelte. »Wochenendhaus ist gut. Eine größere Berghütte, wenn auch recht komfortabel, mehr nicht. Immer wieder habe ich damit geliebäugelt, sie zu verkaufen. Ich komme kaum dazu, sie zu nutzen. Die wenigen Tage im Jahr lohnen die Kosten eigentlich nicht. Andererseits ist sie ein Familienerbe und die Lage ist herrlich, eine Aussicht zum Niederknien. Der Verkauf fällt mir schwer.«

»Meine Frage, Herr Doktor«, erinnerte Roth.

»Meine Schwester hatte einen Schlüssel. War sie dort? War sie nicht dort? Ich kann es nicht sagen.«

»Die Kapelle ist nicht weit entfernt, nicht wahr?«

»Kommt ganz auf den Weg an, den man nimmt.«

»Meines Wissens spricht nichts dafür, dass Ihre Schwester im Haus war, bevor sie gestorben ist. Könnte es dennoch möglich gewesen sein, zumindest denkbar?«

Der Arzt lehnte sich zurück, schloss für einen Moment die Augen, öffnete sie wieder, sah Roth an. »Vor vielen Jahren, Maria war gerade als Referendarin an das Gymnasium gekommen, hat sie einen Mann kennengelernt. Später hat sie mir erzählt, dass sie mit ihm fast jedes Wochenende in der Hütte verbracht hat. Sie war sehr verliebt in diesen Mann. Die Trennung von ihm hat Maria sehr mitgenommen. Nachdem sie sich einigermaßen aus dem Tief herausgekämpft hat, hat sie sich dieser Frauengemeinschaft angeschlossen. Ab da gab es für sie keine Männer mehr. Ich glaube, sie hat diese Enttäuschung nie überwunden.«

»Und doch hat sie gesagt, sie könne sich vorstellen, mit diesem Schriftsteller wandern zu gehen?«

»Erstaunlich, gewiss. Vielleicht ist mir darum diese Bemerkung im Gedächtnis geblieben.« Er wiegte den Kopf einige Male hin und her. »Einige Wochen bevor Maria ... na ja, vor ihrem Tod, hat Maria gesagt, alles Glück auf Erden müsse bezahlt werden.« Kleine Pause. »Sagt uns das was?«

»Was sollte es uns sagen?«

»War Maria mit einem Mann in der Berghütte? Und hat sich der auf die schlimmste Art von ihr getrennt? Ist der Gedanke verrückt?«

Roth zögerte. »Er ist es zumindest wert, sich mit ihm zu beschäftigen.«

»Hm«, sagte der Arzt, trank den letzten Schluck Kaffee, sah auf seine Uhr und meinte, er müsse jetzt zurück in seine Praxis. Roth könne ihn jederzeit anrufen, wenn er noch die eine oder andere Frage habe.

Roth gab dem Arzt seine Karte, bat um die Daten der Berghütte für sein Navi. Ob es weitere Häuser in der Nähe gebe, fragte er.

Ja, zwei, nur eine kurze Strecke abwärts, lautete die Antwort.

Wie alt die Hütte sei, wollte Roth noch wissen.

Der Großvater, ebenfalls Arzt, habe sie in den Jahren um 1900 gebaut.

Die beiden Männer verließen gemeinsam die »Post«. Roth fragte, ob er Gutknecht bis zur Praxis begleiten dürfe. Er wolle noch etwas durch den Ort bummeln.

Gerne, es sei nicht weit, nur ein paar Schritte.

Ihr Thema war der Geigenbau, der den malerischen Gebirgsort berühmt gemacht hatte. Vor einem der Bilderbuchhäuser blieb Gutknecht stehen. Die Männer reichten sich die Hände, grüßten und nickten sich zum Abschied zu.

Roth unternahm einen längeren Spaziergang, wobei seine Augen betrachteten, was ihnen gefiel, so wie den kleinen Park. Sein Kopf derweil andere Wege einschlug. Später setzte er sich in ein Café schräg gegenüber der »Post«. Bei einem Cappuccino und einem Stück Sahnetorte ließ es sich bequem weiterdenken. Hin und wieder schrieb er eine kurze Notiz in sein rotes Buch.

War das mit dem Schriftsteller eine interessante neue Erkenntnis? Ganz klar war er sich noch nicht. Davon stand nämlich nichts im Computer und ihm war dieser verführerisch glänzende Apfel einfach als Überraschung in den Schoß gefallen, quasi ein Geschenk aus heiterem Himmel. Doch ein gutes Maß Misstrauen verharrte als Schatten im Hintergrund. Und dann war da dieses Haus, das der Arzt als Hütte bezeichnete. Aber war das für ihn überhaupt noch von Belang? Hatten sich die Kollegen nicht zur Genüge darum gekümmert? Wenn er schon hier war, wollte er es sich dennoch ansehen und auch die Kapelle. Roth zeichnete Pfeile zwischen einige Stichpunkte in seinem Buch und malte Unterstreichungen.

Dann war die Zeit gekommen, Mittenwald zu verlassen, um die frommen Frauen zu treffen. Sie warteten bereits, obwohl er pünktlich am Gartentor geläutet hatte. Die Ärztin und die Erzieherin saßen auf dem Sofa, die beiden anderen rechts und links davon auf einem Stuhl. Wenn sie diese Szene nicht für ihn inszeniert hatten, dachte Roth amüsiert. Wie bei einem Tribunal. Wollten sie ihm damit etwas sagen? Wenn ja, was? Jedenfalls ließ er sich davon nicht ins Bockshorn jagen. Er blieb ruhig, freundlich, sprach wie immer leise.

Mit aufmerksamen Mienen saßen sie vor ihm wie Schülerinnen. Sie spielten ihm was vor. Was sie ihm sagten, erinnerte Roth an die Protokolle aus den Akten. Für ihn war das eine Wagenburghaltung, nicht die Offenheit, die er sich von dieser Gemeinschaft versprochen hatte. Sie logen nicht, sie lächelten einfach. Aus welchem Grund mauerten die Frauen so? Roth hatte keine Antwort – noch nicht. Vermochte er sie zu locken?

Ob sie von den *Bücherfreunden* wüssten? Ja. Ob sie von Magdalenas Bekanntschaft mit einem Schriftsteller wüssten? Nein.

Also gut. Roth ließ ihnen ihren Frieden, zumindest vorläufig.

Er dankte ihnen, ließ sie aber nicht im Unklaren, dass er sich mehr von ihnen erhofft hatte, vor allem mehr Nähe zur Wahrheit. Allein auf dem Gesicht der Krankenschwester meinte er, einen Hauch von Betroffenheit zu erkennen. Die anderen lächelten den deutlichen Vorwurf leichthin weg.

Roth ging noch nicht zur Pension. In einem Lokal in der Nachbarschaft trank er noch ein Bier. Die Frauen hatten ihm mit ihrem beredten Schweigen eine Nuss zum Knacken gegeben.

Roth kam am Abend gerade aus der Dusche, als sich sein Smartphone meldete. Robert Gutknecht. Der Arzt hatte das Buch gefunden. Der Name des Autors sei Heimo Drache. Könne sich der Hauptkommissar an den Schauspieler Heinz Drache erinnern, der in einigen Edgar-Wallace-Filmen den Kommissar spielte, so englisch, und so wunderbar arrogant? Ja, Roth konnte sich erinnern.

Auch am nächsten Morgen ließ Roth sich für das Frühstück alle Zeit der Welt inklusive einem langen Blick in das Lokalblatt. Anschließend zahlte er seine Rechnung, verließ die Pension mit seiner Tasche lässig über der Schulter, ging zu Fuß hinüber zur Inspektion, verabschiedete sich für dieses Mal von seinen Kollegen, mit denen er nur zweimal kurz telefoniert hatte, versprach, sich zeitnah zu melden. Danach fuhr er zum Uhrenfachgeschäft Amman, parkte direkt davor. Die Kirche stand direkt hinter dem Haus.

Die Verkäuferin holte den Chef aus der Werkstatt. Edgar Amman sah aus wie der Zwilling von Ludwig Hirsch, sprach allerdings bayrisch, wie sich zeigte, nicht wienerisch. Der Uhrmacher war in mittleren Jahren, hatte einen runden Rücken. Ins rechte Auge hielt er eine Lupe geklemmt, die dort blieb, bis Roth das Geschäft wieder verließ.

Amman bat Roth in seine Werkstatt, wo die Männer sich, Roth auf einem Drehhocker, gegenübersaßen. Es wirkte auf Roth etwas skurril, wie Amman ihn mit der Lupe im Auge fragend ansah. Roth merkte Ammans Neugierde, wusste, dass der Uhrmacher nur einmal wegen eines Ladendiebstahls mit der Polizei zu tun gehabt hatte.

Roth hatte sich gleich mit seinem Eintritt in der Werkstatt umgesehen, die etwas von einem heimeligen Hobbyraum hatte. Ammans Reich, in dem er sich offenbar wohlfühlte.

Roth wollte den zweiten Ludwig Hirsch, dieses Bild mochte er nicht zu verdrängen, nicht länger auf die Folter spannen, wollte mit ihm über die *Bücherfreunde* sprechen. Als wäre mit diesem Stichwort die Schleuse aufgegangen, sprudelten die Worte aus Ammans Mund.

Roth hörte geduldig zu. Die Schilderung des Uhrmachers war so lebendig, dass sich Roth gut in die Welt der Literaturenthusiasten hineinzudenken vermochte.

Nachdem der Wasserfall der Begeisterung verebbt war, brauchte Roth nur noch die entscheidende, die für ihn wichtige Frage zu stellen. »Eine Ihrer *Bücherfreunde* war eine Lehrerin des hiesigen Gymnasiums, nicht wahr, Herr Amman?«

»Magdalena. Sie war von einer ganz besonderen Art.«

»Inwiefern?«

»Es gab keinen Bereich der modernen Literatur, in dem sie sich nicht exzellent auskannte. Magdalena hat unserer kleinen Runde mit ihren Anregungen und ihren Vorschlägen immer wieder neue Impulse gegeben, wen wir zu unseren Lesungen einladen sollten.«

»Wen denn zum Beispiel?«

Amman rasselte eine ganze Kette Namen herunter, nahm dabei die Finger zum Zählen zur Hilfe. Einer der Genannten war der, den er von dem Arzt gehört hatte.

»Pflücken wir einfach mal einen Namen heraus, Herr Amman: Heimo Drache.«

»Was ist mit ihm?«

»Verbinden Sie mit diesem Autor spezielle Erinnerungen?«

Wie er das meine?, fragte Amman.

Ob mit Drache irgendetwas anders gewesen sei als mit den anderen Autoren?

»Haben Sie einen besonderen Grund, so zu fragen, Herr Hauptkommissar?«

Roth lächelte und schwieg. Er wartete ab, sah regelrecht, wie hinter Ammans Stirn die Gedanken aufgeregt hin- und herrannten. Und dann begann der Uhrmacher von den Lesungen zu erzählen, ganz allgemein, nicht speziell von dem Abend mit Drache.

Roth bemerkte natürlich, dass sich Amman vor etwas drückte, es aber nicht verstecken konnte. Es brauchte noch einige Anekdoten, bis er schließlich auf den Punkt kam.

Er habe Drache noch einmal gesehen, zufällig, Monate nach der Lesung. Amman sei mit dem Auto an ihm vorübergefahren. Drache habe mit einem Mann, den der Uhrmacher vom Sehen kenne, gegenüber dem Beginenhaus gestanden.

Amman lachte leise, verlegen. »Wissen Sie, Herr Hauptkommissar, wir nennen die frommen Frauen Beginen, was sie allerdings nicht sind. Doch so weiß jeder bei uns, wer gemeint ist. Und es ist ja auch nicht böse gemeint.«

Roth verbiss sich einen Kommentar. Er hatte noch eine Frage, die nicht wichtig war, ihn aber interessierte.

»Herr Amman, ist Ihnen Magdalenas – wie soll ich sagen – bürgerlicher Name bekannt?«

Die Wangen des Uhrmachers überzog eine leichte Röte. Er nickte und murmelte: »Maria Gutknecht.« Auch in der Schule sei sie Maria, nicht Magdalena gewesen, sagte er.

Sie standen schon in der Tür zwischen Werkstatt und Verkaufsraum, als Amman mit gesenktem Kopf sagte: »Magdalena war eine ungewöhnliche Frau, ein ganz besonderer Mensch. Vielleicht wissen Sie, was ich meine?«

Roth nickte ihm freundlich zu.

»Magdalena war von Drache angetan, war sogar anschließend an die Lesung beim Treffen mit ihm dabei, was sie sonst nicht tat.«

Interessant, dachte Roth. Das war Fleisch am Knochen.

In seinem Wagen stellte er das Navi auf sein neues Ziel ein, das im Ammergebirge lag. Auf der Fahrt ließ er das Gespräch mit dem Bücherfreund Revue passieren. Konnte es sein, dass der Name Drache der rote Faden war, nach dem er suchte? Schon möglich.

Auf der einen Talseite zog die Straße ziemlich steil aufwärts, begleitet von Hochwald. Dann endete der Wald zu beiden Seiten und das erste Haus, von dem Gutknecht gesprochen hatte, kam in Sicht. Roth verringerte das Tempo und rollte langsam daran vorbei. Die Läden waren geschlossen und mit vorgelegten Eisen verstärkt. Dort schien niemand zu wohnen.

Nach einem kurzen Waldstück auf der gleichen Seite der Straße tauchte das zweite Haus auf. Hier waren die Läden offen und Roth meinte, seitlich des Hauses einen Mann im Garten gesehen zu haben.

Es kam eine leichte Linksbiegung und nach einem weiteren Waldstück erreichte Roth sein Ziel. Er hielt an, blieb sitzen und betrachtete, was Gutknecht als eine Berghütte bezeichnet hatte. Wenn das nicht als Beispiel für Tiefstapelei herhalten konnte.

Das schon auf den ersten Blick stattliche Haus war schön anzusehen: dunkles Holz, zweistöckig, breiter überstehender Balkon, eingerahmt von grünem Wald. Für Roth war das Wort »Landhaus« eher angebracht als »Berghütte«.

Roth verließ den Wagen, machte die paar Schritte hin zum Jägerzaun, stützte sich mit den Fingerspitzen darauf ab, um das Haus bequem in Augenschein nehmen zu können. Dann machte er kehrt, ging die kurze Auffahrt hinunter zur Straße, saugte die Schönheit der Aussicht in sich auf. Nach einigen Minuten, in denen er die Ruhe der Umgebung auf sich hatte einwirken lassen, ging er zurück zu seinem Wagen, öffnete den Kofferraum, griff die Wanderschuhe heraus und zog sie an.

Erneut ging er die Auffahrt hinunter, folgte der Straße abwärts, hatte sich vorgenommen, den Nachbarn zu besuchen, an dem er vorhin vorbeigefahren war.

Als er sich dem Haus näherte, stand tatsächlich am Zaun ein älterer Mann, der Pfeife rauchte und auf ihn zu warten schien.

Roth grüßte freundlich, entschloss sich zu einer kleinen Charade, ging einfach weiter, als wollte er die Straße hinunter. Er hatte den Mann schon aus dem Blickfeld verloren, als ihn der Mann mit rauer, jedoch nicht barscher Stimme anredete. Ob er zur Gutknecht-Hütte gehöre?

Auch er nannte diese Waldvilla eine Hütte?

Bei dem Haus dort, Roth zeigte zurück, habe er seinen Wagen abgestellt. Das gehe doch in Ordnung, ja? Roth ging einige Meter zurück.

In der Hütte sei schon länger niemand mehr gewesen, sagte die Reibeisenstimme.

Er suche den Weg zur Kapelle *Lamm Gottes*, verriet Roth.

Der Mann sagte, er könne ihm den Weg erklären, es sei aber auch möglich, dass er mitkomme. Er nahm die Pfeife aus dem Mund, sah Roth an.

Na, das war doch was, dachte Roth, bedankte sich für das Anerbieten und nahm es an.

Der Weg erwies sich als nicht weit, ein etwas längerer Spaziergang, reichte aber aus, um Roth interessante Informationen zu liefern. Der alte Pfeifenraucher wohnte im Sommer fest in seiner Berghütte – Roth verstand allmählich, dass Hütte offenbar nichts Verkleinerndes bedeutete – in den Wintermonaten schaute er nur hin und wieder nach dem Rechten. Seine Zeit hier oben, die er als ein Geschenk des Himmels benannte, verbrachte er mit Wanderungen, Reparaturen am und im Haus, im Garten und mit Schnitzen.

Nebeneinanderstehend betrachteten sie die Kapelle.

Bis auf Vogelstimmen war es völlig still. Der Platz der Kapelle lag zwischen hohen Tannen, direkt dahinter ein steiler Abbruch. Der Wald auf der anderen Seite bildete das Spalier zum Weg.

»Hier«, der alte Mann wies mit einer Kopfbewegung zur Kapelle, »saß eines Wintertages eine tote Frau im Schnee. Sie war eine Gutknecht. Die Frau wurde umgebracht, stand in der Zeitung. Ein paar Tage lang Aufregung, dann nichts mehr. Ich glaube nicht, dass sie den Mörder ausfindig gemacht haben, nein, eher nicht.«

Im Sommer davor habe er sie einige Male mit einem Mann im Auto gesehen. Natürlich habe er ihnen nicht nachspioniert. Aber er habe mitbekommen, dass sie das Wochenende in der Gutknecht-Hütte verbracht hätten.

Gut, gut, dachte Roth, nur immer weiter so. Aber warum hatte er das nicht den Kollegen erzählt, die ihn befragt hatten? In den Akten stand, dass der Mann nichts mitbekommen hatte von den Vorgängen bei der Kapelle. Was ja wohl richtig war.

Das Beste kam aber ganz zum Schluss.

Der alte Mann war in seinem Haus verschwunden, hatte Roth gebeten, einen Moment zu warten. Er kam mit einer kleinen Holzfigur zurück, die Roth auf den ersten Blick an Arbeiten von Ernst Barlach erinnerte, Schönheit durch Einfachheit. Er schenkte sie Roth mit einem warmen Blick aus dunklen Augen. Ein Geschenk, das von Herzen kam. Roth drückte die Hand des Mannes.

Und dann: »Das Auto hatte ein Weilheimer Kennzeichen.«

Lachend sagte Roth: »Sie haben es sich gemerkt, natürlich.« Das klang locker, fast wie ein Scherz, obwohl Roth plötzlich Fieber im Blut spürte.

Die warmen Augen des Alten blitzten und er sagte die Nummer aus dem Gedächtnis her.

Der Abstecher hatte sich, so sah es jedenfalls aus, wahrlich gelohnt. Im Hintergrund lächelte noch das Misstrauen. Warum hatte ihm der Alte das alles erzählt, warum gerade ihm? Mal sehen, was das Kennzeichen ergeben würde.

Der alte Mann stand noch am Zaun, als Roth noch einmal zurückblickte.

Roth betrat das Gutknecht-Grundstück, ging zweimal um das Haus herum, entdeckte hinten einen Pfad, der in den Wald führte.

Er wechselte die Schuhe, setzte sich in den Wagen und fuhr los. Der alte Mann stand vor dem Haus, rauchte seine Pfeife und winkte.

Ob er sich auch mein Kennzeichen merkt? Roth schmunzelte bei dieser Frage.

Unten auf der Marsstraße bildete sich eine Autoschlange vor der Ampel. Roth grübelte. Konnte dieser Drache wirklich XY sein? Sein Bauchgefühl sagte ihm, und Roth gab viel auf sein Bauchgefühl, dass die Spur es auf jeden Fall wert war, dranzubleiben, auch wenn sie sich später vielleicht doch als Sackgasse herausstellen sollte. Sie war besser als nichts. War mehr, als die Kollegen in GAP herausgefunden hatten. Roth hatte ihnen von Drache nichts gesagt. So wie er auch Kimmel noch nichts gesagt hatte.

Als Nächstes würde er die Berghütte, dieses schöne rustikale Haus, von der KTU des LKA ein zweites Mal überprüfen lassen. Weshalb? Mit welcher Begründung? Antwort: Bauchgefühl. Roth wusste aus den Akten, dass bei der ersten Untersuchung nichts gefunden worden war, das ihnen weitergeholfen hätte. Die Hoffnung auf einen Treffer war nur schwach.

Nachher würde Roth zu Peter hinübergehen, einem ihrer IT-Spezialisten, und mit ihm sprechen. Peter liebte seinen Computer. Der großen Anlage sprach er sogar eine Seele zu, nannte sie liebevoll *Daisy*. Roth würde Peter bitten, allen Datenspuren, die er von Heimo Drache finden konnte, zu folgen. Roth erhoffte sich, seine Spur würde dadurch heiß werden.

5

Der verborgene Gast – Pia

Früh fuhr ich los, fast noch im Morgengrauen, stahl mich aus Polling davon. Unterwegs ließ ich mir alle Zeit der Welt. In Herrsching hielt ich vor einer Bäckerei, aß zwei frische Croissants, trank eine Tasse Kaffee und las dabei die Zeitung.

Meine Augen blieben an einem Foto hängen. Dieses Gesicht kannte ich. Joe. Er sah noch genauso aus wie früher, nur eine dem Alter angepasste Fassung. Hans, der von allen Joe genannt werden wollte. Ich hatte mit ihm kaum etwas zu tun, wollte mit ihm auch nichts zu schaffen haben. Dennoch lief er ständig in meiner Nähe herum, denn er wohnte nur einige Häuser weiter. Wir hatten die gleiche Schule besucht, wo Joe in die Parallelklasse gegangen war.

Warum war sein Foto in der Zeitung? Um mir diese Frage zu beantworten, musste ich den Artikel lesen, der das Bild einrahmte. Aus dem vorbestraften Graffiti-Schmierfink war ein anerkannter und erfolgreicher Künstler geworden. Er durfte jetzt die Westfront unserer ehemaligen Schule, so lange ich denken konnte hässlich und nackt, mit seiner Kunst verschönern. Darum der Artikel.

Joe! Er war der geborene Trabant. Immer zog es ihn in die Nähe angesagter Prominenter, die in unsere Stadt kamen. Ob das Schauspieler, Maler, Sänger, Autoren waren, sie mussten nur einen gewissen Namen haben und schon war Joe in der Nähe und drängte sich in das Licht dieser vermeintlichen Sonnen. Er hielt ihnen sein Album mit Stift für ein Autogramm hin. So kannte ich ihn, dieses Bild hatte ich vorrätig.

Als ich die Bäckerei verließ, dachte ich noch eine ganze Weile an Joe. Bis mich die Vorfreude auf Pia in die herzwärmenden Arme schloss.

Pias Haus stand in der Mitte der lang gezogenen Landzunge zwischen Fluss und Bach. Das Grundstück wurde durch die schroffe steinige Böschung zum Fluss hin abgeschlossen. Nach vorne bildete eine dicke Hecke die Grenze zur schmalen Einbahnstraße, neben der der Ascherbach floss, der kalt und klar aus dem Moos kam.

War ich bei Pia zu Besuch, bildete ich mir jedes Mal ein, auf einer Insel zu sein, was bei mir ein angenehmes Empfinden auslöste. Diese eingebildete Sicherheit tat meinem Gemüt gut.

Es war noch ziemlich früh, als ich vor dem Tor anhielt, es öffnete, am Haus vorbei zur Garage, einem Holzschuppen, fuhr, dort meinen Wagen abstellte, zurückging und das Tor wieder schloss. Fest ging ich davon aus, dass Pia längst das Haus verlassen hatte, stand doch ihr roter Mini nicht wie gewöhnlich vor dem Schuppen.

Vom Schuppen auf dem Weg zur Haustür sah ich zum ersten Mal die Amsel mit der weißen Feder am Rücken. In der nächsten Zeit sollte sie mir, da der Garten zu ihrem Revier zu gehören schien, immer wieder durch ihr besonderes Merkmal auffallen.

Mich verwunderte etwas, dass die Haustür nicht verschlossen war. In dieser sehr ruhigen Gegend blieb keine Tür unverschlossen. Ich kannte es nicht anders. War Pia doch noch nicht weg?

Ich betrat das Haus, ging langsam durch die Diele zur Küche. Auf dem Tisch lagen ein Einkaufsnetz und eine Jutetasche, beide gut gefüllt.

Auf einmal hörte ich das Rauschen von Wasser. Pia war da und duschte gerade. So musste es sein. Ich wandte mich um, stieg die Treppe hinauf, ohne auf die gerahmten Fotos an der Wand zu achten, an denen ich sonst nicht vorbeikonnte, ohne zumindest einige in Augenschein zu nehmen.

Oben, nahe der Badezimmertür, rief ich laut nach Pia, klopfte fest gegen die Tür, um mich trotz des Rauschens bemerkbar zu machen. Ich blieb im Flur stehen, lehnte mich an die Wand gegenüber zwischen zwei Reproduktionen von Gemälden van Goghs. Mit klopfendem Herzen wartete ich ab, wie Pia auf meine Signale reagieren würde. Würde sie nackt oder in ein Badetuch eingeschlagen erscheinen oder in dem kurzen flauschigen Bademantel, den ich ihr geschenkt hatte?

Das Rauschen verstummte. Wieder verging eine kleine Weile, bis sich die Tür öffnete. Da stand – eine unbekannte Frau vor mir. Wir schauten uns sprachlos an.

Sie war schlank, mittelgroß, mit einem grünen Badetuch bekleidet, die kurzen dunklen Haare feucht. Ein slawisches Gesicht, dachte ich. Eine Welle von Energie strömte mir von dieser anstaunenswerten Person entgegen.

Das ist Helene. Sie ist Pias Zugehfrau, macht die Einkäufe, hält das Haus sauber, erledigt Kleinigkeiten im Garten. Helene stammt aus Polen, spricht gut Deutsch mit einem harten Akzent. Sie kommt zweimal in der Woche, bringt die Einkäufe mit, saust dann wie ein Wirbelwind durch das Haus.

Das alles wusste ich in dem Moment vor der Badezimmertür natürlich noch nicht.

Ich verstand mich mit Helene auf Anhieb gut. Bevor sie geht, stellt sie mir immer etwas zu Essen in den Kühlschrank, jedes Mal eine Überraschung.

Dennoch bliebe ich ihr unheimlich, sagte sie mir einmal ganz offen. Weshalb? Sie sagte es nicht und ich bestand nicht auf einer Antwort.

Einmal wollte ich von ihr wissen, ob Pia das monatliche Kaffeekränzchen für ihre Mitarbeiterinnen habe einschlafen lassen? Sie antwortete nicht, sah mich mit ihren grünen Augen irgendwie rätselhaft an. Was war an dieser Frage falsch? Ich hatte keine Ahnung.

Oben unter dem Dach, in meinem Studio, wo ich sofort merke, wenn draußen die Sonne länger scheint, stand der alte Tisch, an dem ich schon so oft gesessen habe. Dort richtete ich mich wieder ein. Hier quälte ich mich, wie an meinem Schreibtisch in Polling, mit dem Formulieren meiner Vorstellungen und Gedanken, wenn es einmal nicht lief. Oder schwebte auf Wolke sieben, wenn ich in einer guten Phase Pegasus im Galopp ritt.

Dieser Platz jedenfalls ist in Pias Haus wirklich meiner. Es gibt gute Augenblicke, da fühle ich mich eingesponnen, sicher wie ein Mönch in seiner Klosterzelle. Zumeist frage ich mich jedoch, ob ich mich nicht in einer Kulisse bewege, Mitspieler in einem Theaterstück, jedenfalls eine fremdgesteuerte Figur bin? Genauso zerrissen spüre ich mich während des Schreibprozesses. Der Zweifel packt mich dann rigoros beim Kragen. Mir ist es, als schöpfe ich Wasser in das bodenlose Fass der Danaiden.

An diesem Vormittag, als ich in Pias Haus kam, war ich verunsichert, richtig kleinmütig. Ich folgte Helene durch das ganze Haus wie ein ängstliches Kind, wollte einfach nicht alleine sein. Ihr wird, ihr muss mein Verhalten bestimmt eigenartig vorgekommen sein, vor allem mein ständiges Fragen nach Pia. Darum wird Helene wohl früher als sonst gegangen sein, oder?

Infolgedessen war ich schließlich allein im Haus.

Stufe um Stufe stieg ich die Treppe hinauf und schaute mir unsere Fotos an, diese festgehaltenen Ausschnitte unserer Liebe über die vielen Jahre. Bei jedem Besuch ist das Verweilen und Betrachten dieser Galerie ein unbedingtes Ritual, wie auch heute noch an jedem Tag. Dieses Mal, beim ersten Ansehen, fiel mir auf, dass die letzte Aufnahme bereits einige Jahre zurücklag. Ich nahm mir vor, machte mir quasi einen Knoten ins Gedächtnis, mit Pia darüber zu sprechen. Meine Kamera hatte ich mitgebracht.

Auf einem der Fotos, ein Jugendfoto, war die Mutter im Hintergrund zu sehen. Sie war immer im Hintergrund, sie lebte in ihrer eigenen Welt. Für sie waren alle anderen fremde Wesen, die sie kaum etwas angingen.

Ich stand oben am Ende der Treppe und wusste nicht wohin mit mir. Die Erinnerungen, durch die Fotos ausgelöst, hatten mich nur temporär von meinem nagenden Kummer abgelenkt.

Auch einmal das Haus zu verlassen, und sei es nur für kurze Zeit, um in die Stadt zu schnuppern, wagte ich nicht, hatte nämlich eine Heidenangst vor fremden Augen.

Da fielen mir die Bücher ein. Noch höre ich Pia sagen, es seien genügend Bücher im Haus, ich hätte genug zu lesen, um keine Langeweile aufkommen zu lassen. Aber was, Pia, wenn der Kopf so durcheinander ist, dass er keinen Satz aufzunehmen vermag, nicht mal mehr klar denken kann?

Schon war der Gedanke an die Bücher wieder weggewischt, wie ein lichter Geist unsichtbar geworden. Ohne tatsächlichen Grund stieg ich weiter nach oben, holte die Hängematte aus dem Schrank, machte sie an den Haken zwischen den Pfosten fest, legte mich hinein, starrte ins Gebälk, begann tagzuträumen, sah Pia vor mir, meine geheime Frau, meine ewige Liebe, mit der ich zusammengekettet bin, und sie lächelte mir zu.

Pia ist eine starke Frau. Mir fällt ad hoc nichts ein, was sie nicht erreicht hätte, wenn sie es wirklich wollte. Früher hat sie ihren Kopf bereits durchgesetzt, studieren zu dürfen; für sie musste ihr Bruder zurückstecken. Betriebswirtschaft hat sie sich ausgesucht, wollte nämlich Geschäftsfrau werden.

Mit großem Interesse und immer aus der Nähe habe ich ihre Karriere verfolgt.

Was ich zu wenig habe, besitzt sie im Übermaß: Zielstrebigkeit. Pia weiß stets genau, wohin sie gehen soll, hat für jeden Abschnitt, für jede Kampagne einen genau durchdachten Plan.

Sie hat ihr Business mit einem unscheinbaren regionalen Modehandel über Anzeigen mit Postversand begonnen. Diese Schiene mündete später in ihr Internetangebot. Sie eröffnete ihre erste Boutique genau am richtigen Ort und führt heute mit geschickter Hand eine ganze Kette Modeläden, jeder am richtigen nicht zufälligen Punkt, mit Sonderkollektionen zu attraktiven Preisen. Ergänzend dazu besitzt sie einen Großhandel für eine breite Palette von Modeaccessoires, natürlich auch über das Internet zu haben.

Mit Pias Gesicht vor mir schwebte ich zur Insel der Freiheit, schlief tief und traumlos, so gut wie seit Langem nicht mehr. Sogar *Theseus* störte dieses Mal meinen Schlummer nicht.

Ein stetes Wasserrauschen ließ mich in der Hängematte zu mir kommen. Es war dunkel, vor dem Fenster samtenes Blau. Jetzt musste es Pia sein, die duschte. Wer sonst? Also raus aus der Hängematte, die Hühnerleiter runter, mehr mit den Unterarmen den Handlauf entlang.

»Pia«, rief ich, klopfte, drückte hastig die Klinke, schob die Tür auf.

Pia wischte über das beschlagene Glas der Kabine, lächelte mich an. Sie konnte so herzlich lächeln, hätte damit Eisberge schmelzen lassen können.

Ich griff nach dem bereitliegenden Handtuch, erwartete sie, hüllte sie ein und wir begrüßten uns zärtlich.

Minuten später lagen wir in ihrem französischen Bett. Unsere anfänglichen Zärtlichkeiten steigerten sich. Du, Pia, umfingst mich. Die Bibel umschreibt unser Tun so: Adam erkannte sein Weib Eva.

Noch atmeten wir nicht normal, als mir in ihren Armen der Gedanke kam, ob diese bedingungslose Nähe nicht das Wichtigste überhaupt war, der wahre Sinn unseres Lebens? Das Wort Liebe ist das wichtigste in meinem Kodex des Lebens, die Liebe zu Pia.

Sich mit dem Anderen zusammen fallen zu lassen, diese Leidenschaft ohne jedes Bedenken, gehörte von Beginn an zu unserer Liebe, beruhte auf unserem natürlichen felsenfesten Vertrauen.

Das gemeinsame Tun von zwei Liebenden näher als mit solchen Andeutungen zu beschreiben, kommt für mich nicht infrage. Der Grund dafür ist ganz einfach: Es ist mir peinlich.

Wir saßen im Esszimmer neben der Küche, Pia in dem Bademantel, den ich ihr geschenkt hatte, ich im bunten Kimono, der für mich die Kleidung nach der Liebe war.

Wir ließen uns das Köstliche schmecken, das uns Helene in den Kühlschrank gestellt hatte, tranken den Wein, den ich mitgebracht hatte, hörten Schubert.

Am nächsten Morgen holte mich das Müllauto, das vorne auf der Straße lärmte, aus dem Schlaf. Das Bett neben mir war leer. Warum war das Laken so glatt? Pia war eine unruhige Schläferin. Egal, mein Magen knurrte, ich musste pinkeln, konnte nicht liegen bleiben, um den Gedanken Auslauf zu geben.

Mir fiel im Bad auf, dass die Dusche trocken war, Pia war wohl schon länger aus dem Haus. Ich lehnte mich aus dem Fenster. Ihr roter Mini stand nicht vor der Garage. Ich ging in die Dusche, drehte das Wasser auf, die Wärme wohltuend, ich seufzte zufrieden. Was für ein guter Augenblick.

Mein Frühstück als Gast in Pias Haus, alles andere als üppig, wechselt zwischen Toast mit Marmelade und Müsli, dazu Kaffee, zwei Tassen. Und Musik von einer CD, jeden Tag eine andere aus Pias Sammlung. Die silberne Scheibe nehme ich mit nach oben in mein Studio, wo sie weiter als Hintergrund für mein Schreiben dient.

Die Musik läuft, ich gehe zwischen Schreibtisch und Hängematte zu Boden und mache Liegestütze, bis mir die Kraft ausgeht und die Luft wegbleibt. Schwer atmend stemme ich mich hoch, stütze mich auf den Schreibtisch, gehe dann zum Fenster, warte, das überwiegend grüne Bild des Gartens und das Haus des Malers vor mir, bis sich die Folgen der Anstrengung wieder gelegt haben.

Wenn ich mich an den Schreibtisch setze, beginne ich nicht mit dem *Theseus,* sondern schreibe mich mit einer Art ungeordnetem Tagebuch warm, dem ich die Überschrift *Der verborgene Gast* gegeben habe. Sitze ich vor meinem *Theseus,* wird mein Stift immer wieder ärgerlich störrisch.

Pia erkennt meine 1.001 Gründe, nicht richtig voranzukommen, nicht an, will sie nicht hören, hat für mein Jammern kein Verständnis. Sie lässt mich ihre dominante Seite spüren, ermahnt mich streng.

»Schreibe«, sagt sie, »dann erhältst du deinen Lohn, ansonsten bekommst du Ärger, mein Lieber.« Dabei hebt sie den Zeigefinger.

Ach, meine süße Domina. So macht es mir eine gewisse Freude, mich durchzubeißen, denn ihre barschen Worte lassen es mir warm ums Herz werden. Nur zu gerne unterwerfe ich mich ihrem Willen, schon immer, ist es doch das Diktat der Liebe, wie ich weiß.

Ich schreibe an *Theseus* und wenn sich eines der gelben Blätter füllt, bin ich ganz in meiner Welt, fühle allein nur noch mich, jedes Wort, jede Zeile ist auf mich bezogen, kommt aus mir zurück auf das Papier.

Seit Gustav Mahler mit mir den Faden der Ariadne in die Hand genommen hat, ist der Weg durch das geistige Gestrüpp meiner Erzählung für mich selbst klarer, die Sicht auf die Ebenen weniger verschwommen. Immer wieder unterstützt der Komponist mich mit Empathie bei der Lösung meiner erzählerischen Haken und Ösen; ich kann mit ihm offen alle Gestaltungsfragen diskutieren. In guten Momenten erzählt Gustav mir von seiner kompositorischen Arbeit, die auch nicht immer klar vorangeschritten ist.

Erst heute Morgen hat mir Gustav gesagt, ich solle rücksichtsloser formulieren. Zu einer meiner Fragen sagte er, es sei leichter, das Böse zu verzeihen, als das Gute anzunehmen. Meint er das als Ratschlag zu *Theseus* oder als Hinweis für mich persönlich? Ich will ihn fragen. Doch er ist weg, außer Haus.

Einmal sehe ich für Sekunden Helenes Kopf in der halb offenen Tür. Sie wollte wohl nachsehen, mit wem ich so lebhaft plaudere. Ob sie Pia von meinem für sie eigenartigen Verhalten erzählt? Ich weiß es nicht.

Habe ich gelungene Passagen vorzuweisen, lese ich Pia am Abend vor. Ich sitze dann im Sessel, die gelben Manuskriptblätter auf dem Beistelltisch. Pia liegt auf der Couch, eingehüllt in ein buntes Tuch. Gefällt ihr, was ich geschrieben hatte, nimmt sie mich in die Arme. »Wir genießen Virginia«, flüstert sie mit glühenden Augen.

»Bist du glücklich?«, fragen wir uns gegenseitig. Unsere Seelen verschmelzen in einem Freudentaumel, betreten für eine göttliche Zeit das Paradies. Ich treibe hinüber in ein anderes Universum. Erst ihre warme Hand, die mir über den an ihrer Brust liegenden Kopf streicht, holt mich zurück ins Jetzt. Ich beginne sie zu küssen, kann nicht mehr aufhören und so dreht sich das Karussell aufs Neue.

Ich liege in meiner Hängematte, bin noch nicht richtig wach, als Pia zu mir kommt. Demnach muss es Sonntag sein, an anderen Tagen hat sie keine Zeit, da ist jede Minute für sie kostbar. Sie schmiegt sich in meine Arme. Pia ist unter dem Bademantel nackt. Als ich das merke, verdunstet der letzte Rest Schlaf augenblicklich in der Sonne. Sie zaubert ein rotes Gummibärchen in meinen Mund. Mit lachenden Augen füttert sie mich mit den unwiderstehlichen bunten Gummibären.

Ein Besuch bei Pia bedeutete bisher immer eine wahre Fastenzeit, was Süßes betraf. Nun aber Gummibärchen.

Obwohl es Sonntag ist, muss Pia mittags zu einem Essen mit einem Geschäftspartner. Das ist einer dieser sauren Äpfel, in die eine erfolgreiche Geschäftsfrau beißen muss.

Wir duschen zusammen, sie macht sich fertig, ich koche Kaffee. Während ich in der Küche hantiere, denke ich an den neuen Flyer, den Pia mitgebracht hat, in dem sie eine leer stehende

Lokalität in der oberen Stadt bekannt macht, in der sie ohne jeden äußeren Aufwand ihre Mode, oft zu Sonderpreisen anbietet.

Bevor sie aufbricht, trinken wir im Stehen Kaffee zusammen.

Ich bleibe am Fenster, vor mir auf der Fensterbank die zweite Tasse Kaffee, summe die *Baccarole* vor mich hin und sehe, wie Pia im roten Mini das Grundstück verlässt, ohne mitzubekommen, wie sie das Tor auf- und absperrt. Wohin bin ich mit meinen Gedanken unterwegs?

Wie von jemandem gerufen, verlasse ich das Haus, getraue mich tatsächlich bis nach vorne zum Tor, schaue hinüber zu den Häusern auf der anderen Seite des Ascherbachs, blicke nach beiden Seiten, niemand ist zu sehen. Dann bemerke ich die mit Kreide geschriebenen Zeichen auf der Straße. Ich staune nicht schlecht. Kann das wirklich sein? Da steht ein Wort in Ogham-Schrift. Ich kann die Zeichen lesen. Vor Jahren habe ich mich mit der vermeintlichen Schrift der Kelten beschäftigt, als ich einen Roman schrieb, der in der Zeit der Kelten spielt.

Was lese ich dort auf der Straße? Es sind die Zeichen für Ende, Jenseits, Tod. Ist das für mich geschrieben? Wer sucht den Kontakt? Wer weiß von meinem Hiersein? Wem ist bekannt, dass ich diese Zeichen lesen kann?

Erschrocken mache ich kehrt, verschließe die Haustür hinter mir, steige nach oben, lege mich in die Hängematte. Was soll diese Botschaft mir sagen? Nach mir greift die Kralle der nackten Angst. Ich fühle, dass ich heftig zittere. Vor mir steigen die Bilder vom Friedhof in Polling hoch. Warum jetzt? Will ich auf diesem Gottesacker zu Grabe gelegt werden? Ich weiß es nicht. Der Gedanke an mein Grab liegt noch ganz weit hinten im Regal meiner Planungen.

Gerade war ich noch mit Pia im Paradies und nun bin ich auf dem Weg in meine persönliche Hölle.

6

Der verborgene Gast – Emmi

Der neue Tag hat gerade erst begonnen, den Himmel zu erobern, als ich mich aus der Hängematte rolle und sogleich an den Schreibtisch setze. Am Vorabend habe ich bis in die Nacht hinein an der *Theseus*-Szene vom Tod des Vaters gearbeitet. Jetzt lese ich den noch frischen Text durch und bin mit der Darstellung nicht zufrieden. Diese zwei Abschnitte sollten die Lügen deutlich werden lassen, sind mir aber zu verschwommen, stecken im Nebel, verlangen nach mehr Licht.

Ich habe meinen Vater als Muster dieser kalten Figur genommen. Und er ist mir doch zu echt, zu nah am Vorbild geraten, hat sich dabei zu sehr in mein Inneres gesetzt. Mein Vater ist ein Nebelmann für mich, auch heute noch. Er war in der ganzen Welt unterwegs, war Monteur für Druckmaschinen. War er mal zu Hause, genoss er sich selbst in seiner Ruhe; von seinen Kindern, von mir oder meiner Schwester, wollte er nichts wissen. Und dann war er wieder weg.

Als er mich brauchte, später, zeigte ich ihm die kalte Schulter. Wie du mir, so ich dir. Das ist der Punkt, den ich für *Theseus* brauche. Und dieser Abschnitt ist noch nicht so, wie ich ihn mir vorstelle.

Wie ich am Schreibtisch sitze und nachdenke, sehe ich mich selbst als der ältere Mann, der mein Vater war, und weiß auf einmal, dass ich selbst nie so alt werde, wie ich den imaginären Mann neben mir sehe.

Ich überlege, skizziere auf einem separaten Blatt einen klaren Ablauf, was mir so gut gelingt, dass ich mit einem wohligen Hochgefühl ins Bad gehe.

Danach steige ich in Jeans, Pulli und barfuß die Treppe hinunter. Unterwegs zur Küche höre ich Musik. Die Tür ist nur angelehnt. Also musste Helene schon im Haus sein. Mit den Fingerspitzen schiebe ich die Tür auf und da steht sie am Herd, wendet nach meinem Gruß den Kopf zu mir hin. Wir lächeln uns an.

Das Radio steht auf der breiten Fensterbank, gleich daneben liegt der Zettel, auf dem notiert wird, was für den nächsten Einkauf ansteht. Ich beuge mich über den Tisch, greife nach dem Zettel und dem Stift, sage Helene, bevor ich schreibe, dass ich ein Paket mit gelbem Schreibpapier brauche.

So gegen Mittag ginge sie in die Stadt, sagt Helene.

Noch halte ich den Stift in der Hand, blicke zum Fenster hinaus und sehe, ein Zufall, drüben den berühmten Maler Simon Dorn im offenen Fenster stehen. Hin und wieder, auch zufällig und bei besonderem Licht, kann ich ihn sogar hinter dem großen Atelierfenster bei der Arbeit an der Staffelei sehen.

Ich sage Helene, wen ich dort sehe, und sie erzählt mir, dass sie an zwei Tagen in der Woche im Haushalt der Dorns helfe, eine Info, die mir neu ist.

Erst vorige Woche habe sie den Besuch eines Kunstenthusiasten, wie ihn des Malers Gefährtin nenne, im Atelier mitbekommen. Der ältere Mann, ein betuchter Privatier, gut aussehend, sportlich, gepflegter weißer Vollbart, weiße Haare, sei in einem dunkelgrünen Jaguar vorgefahren. Dorn, sich oft mürrisch gebend, habe den Besucher in der offenen Tür empfangen, ihn Dr. Petermann genannt und sei mit ihm munter plaudernd die breite Treppe zum Atelier hoch geschritten.

Ich sitze inzwischen auf dem Tisch, lasse die Beine baumeln. Helene schneidet eine Salatgurke.

Wo arbeite Helene noch?

Bei einem Lehrerehepaar mit zwei Kindern. Und am Wochenende bei Philipp im »Mark Twain«.

Mark Twain?

Helene beschreibt mir das besondere Café richtig anschaulich, das Philipp, der Inhaber, Kontor nennt, womit sie mich richtig neugierig macht. Da muss ich hin. Irgendwann einmal.

Helene ist mit ihrer Arbeit fertig und ich bemerke, dass ich ihr nicht im Weg bin, sie jedoch offensichtlich aufhalte. Also rutsche ich vom Tisch, lächele ihr zu und wechsle hinüber ins große Wohnzimmer, das ich Bibliothek nenne. Diesen Raum beherrschen das breite raumhohe Fenster zur Terrasse und die beiden von Bücherregalen bedeckten Wände. An der vierten Seite der offene Kamin, der nie genutzt wird, die Couch und die Sessel davor.

Zum wiederholten Male gehe ich die Regale mit den Augen ab, lese die Buchrücken. Mal nach dem, mal nach jenem Titel greifend, dessen Inhalt ich noch nicht kenne, blättere in dem Buch, lese einen Absatz, schließlich entscheide ich mich für einen Band deutscher Erzähler, wobei mich eine Geschichte von Heinrich von Kleist lockt.

In meinem Studio bleibe ich vor dem Schreibtisch stehen, das Buch in der Hand, lese den Anfang von *Das Erdbeben in Chili.* Dann lasse ich das Buch in die Hängematte fallen.

Ich schlage mein Notizbuch auf, um einige Reflexionen dem *Verborgenen Gast* hinzuzufügen.

Dieser Text macht sich wie von selbst von allem frei, was ihn irgendwie einschränken könnte, hat sich, einige Zeit von mir unbemerkt, zu einer Suche nach mir selbst entwickelt. Mir kommen dadurch Gedanken, über die ich mich selbst verwundere.

Ich blättere in frühere Zeiten zurück, bis in Kindheit und Jugend, muss mich ernsthaft fragen, inwieweit meine Erinnerungen gefälscht sind. Bin ich hier, um mutig in mein tiefes Unbewusste zu blicken? Wahrlich keine leichte Aufgabe, mich selbst zu finden. Ist es möglich, dass ich davor zurückschrecke?

Was ich schreibe, erscheint mir immer mehr wie diese mystische magische Schrift an der Wand, oder die rätselhafte Keltenschrift auf der Straße, die ich immer wieder vor mir leuchten zu sehen glaube. Manche Worte ähneln seltsamen schwarzen Flecken.

Wunderliche Schattenspiele.

Jetzt notiere ich eine Reflexion, die mir plötzlich in den Kopf schießt. Damals, ich war so zwischen zwölf und vierzehn, da bin ich mit dem Rad hinüber nach Wessobrunn, wenn mir danach war, mich nicht stören zu lassen. Dort setzte ich mich auf die Stufen des Brunnenhauses und las. Das waren Momente wie Märcheninseln in der Erinnerung.

Dann mitten in der Nacht. Pia stand in der Tür, schwarz gegen den etwas helleren Hintergrund. Im Zimmer nur das schwache gelblichweiße Licht eines halben Mondes. Pia sagte: »Du mein Prinz, ich lehrte dich einst als Sklavin die Liebe.« Ich glaubte, ihre Augen blitzen zu sehen, unwillig und ironisch. War das Bild vor mir Lug und Trug, allein nur real in meiner Fantasie?

Dass Pia mir die Liebe zeigte, stimmt. Ihre Zärtlichkeit ist das Erste, was für mich nicht vielleicht ist, sondern bestimmt. Welche Erinnerungen habe ich wirklich an meine Kindheit? Keine bildhaft greifbaren. Mehr ein schwarzes Loch. Warum? Ich weiß es nicht.

Pia steht da wie ein Fels im Nichts, sie ist der klare See in der Wüste meiner inneren Leere. Gibt es tief in meinem Unterbewusstsein Bilder von damals? Vielleicht, ich vermag es nicht zu sagen. Es müssen irgendwelche Blockaden sein, die meine ganz frühen Erinnerungen gefangen halten. Ich sehe auch meine Mutter nicht, die nur als Schemen da ist, weil ich weiß, dass sie da war. Ich kenne die Ursachen meiner Amnesie nicht.

Soll ich Pia fragen, was ich mir nicht getraue? Mich hindert die unbestimmte Angst, ihre Antworten öffnen endgültig die Büchse der Pandora. Ich habe schon mit genug mehrdeutigen Schatten zu kämpfen.

Es sind diese Grenzbereiche der geistigen Freiheit, des freien oder unfreien Willens des Einzelnen, die mich umtreiben. Existenzielle Fragen locken mich immer wieder in dunkle Täler, bringen mich der Verzweiflung nahe. Unweigerlich verfalle ich jedes Mal in eine Rückschau und lande bei dieser ominösen Klassenfahrt, deren wabernder Nachklang mich noch stärker mitnimmt. Da grabe ich bereits in der zweiten oder dritten Schicht der verschütteten Spuren; Archäologe in eigener Sache.

Da sind die drei Namen, Wegmarken meiner frühen Zeit. Alle drei Namen fangen mit E an, was mir damals nicht bewusst war.

Edmund, der im Hinterhof in der Nachbarschaft eine Autowerkstatt hatte und das Boxen mit Leidenschaft liebte. Ich weiß nicht einmal, ob der kleine kräftige Mann mit dem gebeugten Rücken und den rauen Händen jemals aktiv geboxt hat. Aber er kannte jeden besonderen Kampf, schilderte ihn mit Begeisterung, wollte ihm jemand zuhören. Edmund sprach mit mir, der ich nicht einmal zehn war, wie mit einem Erwachsenen. Er war der Einzige, der das tat, und ich verstand ihn nicht, mit den Jahren dann allerdings besser. Edmund, zu dem ich Onkel sagte, hatte die Werkstatt von seinem Meister übernommen. Zu ihm kam jeder aus dem Viertel mit seinem *kranken* Auto, Edmund würde es wieder *gesund* machen. Der Box- und Autofreak starb unter einem Auto, an dem er bis zu seiner letzten Sekunde geschraubt hatte.

Ich hörte in der Schule von seinem Tod. Natürlich schrieb ich seinen Nachruf und einige Tage wurde mir im Viertel dafür auf die Schulter geklopft. Edmunds Tochter verkaufte die Werkstatt und der neue Besitzer tilgte den Namen über dem Rolltor. Fassungslos stand ich davor, nahm das als ein Sakrileg. Für andere war das ein ganz normaler Vorgang. Aber ich sagte, wenn auch nur mir selbst, ihr habt da etwas angezeigt, was es schon gibt, und dabei zerstört, was unersetzbar ist. So ist es.

Dann war da Emmi, die Enkelin von Edmund, mit der ich zusammen in die Schule kam. Es gibt ein Foto, auf dem wir beide mit unseren Schultüten stehen und ganz unterschiedlich dem

Fotografen entgegenblicken. Ich zurückhaltend, ja, schüchtern, Emmi keck und vorwitzig, so wie sie eben war.

Seit Edmunds Tod wusste ich nicht mehr richtig mit Emmi umzugehen, hatte die unbeschwerte Leichtigkeit verloren. Dennoch zog es mich in ihre Nähe, konnte nicht von ihr lassen, wusste ja von Pia, was Jungen und Mädchen, wenn auch versteckt und heimlich, zusammen machen konnten. Und mit Emmi konnte ich mir das Spiel gut vorstellen. Aber es kam nie dazu.

Und dann noch Edgar, so alt wie ich und Emmi, ein Junge aus unserer Straße. Er war mit uns in die Schule gekommen, aber später, auf dem Gymnasium, gehörte er zur Parallelklasse, da gab es nicht mal in der Schule so richtig Gelegenheit, sich zu begegnen. Das war auch gut so. Edgar war nicht hinten wie vorne. Ein falscher Verführer und bösartiger Giftzwerg.

Ich bin, wie im Sommer häufig, hinaus in die Felder, zu Fuß oder mit dem Rad. Einmal habe ich im Schatten der Bäume unterhalb des Brünhild-Felsens gesessen und gelesen. Ich weiß noch, nur wegen Edgar weiß ich es noch ganz genau, dass ich zum ersten Mal *Stories* von Ernest Hemingway las. Auf einmal stand Edgar vor mir. Ich habe ihn nicht kommen gehört. War er mir gefolgt? Oder war es ein Zufall, dass er mich entdeckt hatte?

Was er hier suche?, fragte ich erschrocken. Er habe mich aus einer spannenden Geschichte herausgerissen.

Er lachte, setzte sich neben mich, wollte sehen, was ich las, legte mir plötzlich den Arm um die Schulter und fragte leise, schmeichelnd, ob wir schmusen wollten?

Mir blieb die Luft weg. »Zeig mir, was du damit meinst, Edgar.«

Und er hat es mir gezeigt. Meine unklaren, verschwommenen Erinnerungen behaupten, ich hätte nichts dagegen gehabt, hätte aber nicht richtig mitgemacht. Es war nicht ungut, was ich mir gefallen ließ, sogar aufregend. Aber es berührte mich nicht wirklich.

Ab dem Tag verfolgte Edgar mich und immer, wenn er mir nahe kam, zischte er mir zu: »Schmusen, Weichei.« Das machte er bis zu dem Tag, an dem ich, vielmehr mein anderes Ich, genug davon hatte.

An diese Szene erinnere ich mich so genau, als wäre es heute früh gewesen. Es war genau dieser Zwiespalt, der sich mir eingebrannt hat: Einerseits schämte ich mich, auf der anderen Seite war ich fast stolz auf mich.

Ich schlug ihm, quasi aus heiterem Himmel, ohne Vorwarnung kräftig mit der geballten Faust ins Gesicht. Er klappte nach vorne, hielt sich mit rundem Rücken die blutende Nase. Edgar starb nicht an diesem Schlag, doch er ließ mich ab diesem Moment in Ruhe, wir haben kein Wort mehr miteinander gesprochen. Er machte ein glänzendes Abitur, studierte Mathematik und wurde Mitarbeiter des Max-Planck-Instituts. Und was ich im Laufe der Jahre nebenbei aufschnappte, war er, zusammengefasst, noch immer ein blöder Kerl.

Die Szene mit der blutenden Nase hat mich auch dazu gebracht, beim Sportverein einen Judokurs zu beginnen. Ich wollte nicht mehr hilflos sein, auf einen Wutanfall warten, wollte mich selbstbestimmt wehren können. Durch den Sport lernte ich Bartl kennen, der mir zeigte, wie ich mich wirklich wehren konnte, sollte es einmal nötig sein.

Schließlich war da die Klassenfahrt, ein Jahr vor dem Abitur, von der es mich drängt, zu erzählen. Tage, die zu meinem seltsamen Fundus gehören, scharfe Bilder und schwarze Stellen, wie durchgestrichen mit einem Edding, die sich abwechseln, die immer gleich ablaufen, wie ein Film, den ich allerdings nur ungern ansehe.

Ich sitze am Ufer des Sees, an dem das Landschulheim liegt, lese in meinem Homer, den ich zu dieser Zeit kaum aus der Hand legen kann. Bin so vertieft, dass ich nicht einmal mitbekomme, dass die Dämmerung anbricht, da ich im letzten Sonnenlicht sitze. Neben mir im Gras liegt die alte schwarze Box, die meinem Vater gehört, die ich heimlich mit auf die Klassenfahrt genommen habe, mit der ich vorhin noch Fotos von Enten gemacht habe.

Mir fällt beinahe mein gelbes Reclam-Heft aus der Hand, denn ich habe Emmi, die sich zu mir setzt, nicht kommen gehört. Sie neigt sich zu mir herab, ihre Haare streifen meine Wange, sie schaut in meinen Homer, verzieht das Gesicht, beugt sich über mich, greift nach der Box, wirft mir einen Blick zu, den sie für verführerisch hält, schlägt vor, ich solle sie fotografieren.

Da ich nicht prompt reagiere, bringt sie mich völlig durcheinander, weil sie mich küsst, wie mich nicht einmal Pia küsst, sodass mir schwindlig wird und ich aus dem Lauf der Zeit falle.

Erst viel später, ich weiß gar nicht, warum überhaupt, habe ich Pia von diesem Kuss erzählt, und meine Liebe strafte mich mit tagelangem Schweigen.

Emmi legte die Arme um meine Hüften, ich steckte meine Nase in ihr duftendes Haar, schnupperte, während meine Finger über ihren Rücken krabbelten.

Was danach geschah, davon hätte ich Pia nichts sagen können, da ich es nicht mitbekam, bewusst überhaupt nicht dabei war. Später fand ich ein Wort für das Nichtwissen: Filmriss.

Es ist wohl so, dass mein Bewusstsein die Augen zugemacht hat, da es mit dem Vorkommnis nichts zu tun haben wollte, alles, was die Normalität störte, einfach ausblendete.

Emmi wurde, es war bereits finster, im Gras liegend gefunden, scheinbar schlafend wie Schneewittchen. Ihr steckte allerdings kein Apfelstück im Hals. Emmi konnte nicht aufgeweckt werden.

Zusammen mit anderen stand ich über dem See am Hang, hatte das eigentümliche Gefühl, eine Tarnkappe zu tragen. Niemand beachtete mich, keiner hatte ein Interesse an mir, ich war nur einer der Schüler, die im Heim untergebracht waren.

Als wir von der Polizei befragt wurden, stellten sie mir die gleiche Frage wie allen anderen, wo ich am frühen Abend gewesen war, und nickten zu meiner lapidaren Antwort.

Ich lag an diesem Abend im Bett, eingehüllt in einem Kokon, atmend in einer unwirklichen Wirklichkeit.

7

Roth ermittelt – Tod einer Schülerin

Roth saß an seinem Schreibtisch und nahm die Fährte von Heimo Drache auf. Der Computer machte es ihm leicht, den Wohnort und die Anschrift des Autors zu ermitteln, nachdem das Autokennzeichen bekannt war. Nach diesem lockeren Beginn wurde es zusehends schwerer, dem Mann auf den Zahn zu fühlen. Der Nebel um diese Gestalt verdichtete sich. Immer wieder ging Roths grübelnder Blick hinunter zur viel befahrenen Straße vor seinem Büro.

Um Oberrat Kimmel davon zu überzeugen, die Gutknecht-Berghütte von der KTU noch einmal mit dem Schwerpunkt Heimo Drache überprüfen zu lassen, benötigte Roth einige Wortzauberei, konnte er doch seinem Chef nicht einen greifbaren Grund dafür nennen. Es war die Gewissheit des Autokennzeichens, das die Anwesenheit Draches im Haus implizierte, die Kimmel schließlich doch zustimmen ließ.

Als nach zwei Tagen alle Spitzfindigkeit der suchenden Beamten vergeblich war, die negative Nachricht den Oberrat erreichte, er das Ergebnis an Roth weitergab, schienen seine Augen dem Freund zu sagen: Habe ich es dir nicht gleich gesagt?

Die nächste Niete war die Telefonüberprüfung zwischen Drache und Maria Gutknecht. Der Festnetzanschluss und auch die beiden Handys des »Beginenhauses« dokumentierten keine Verbindungen mit Draches Rufnummer. Allerdings fand sich in der Liste mehrfach eine unbekannte Nummer eines Prepaidhandys, das natürlich Magdalena hätte gehören können. Was für diese Zuordnung sprach, war, dass dieses Handy seit dem Tod der Lehrerin beharrlich schwieg. Mehr als eine gewünschte Mutmaßung war das aber nicht für Roth.

In Polling, dem Pfeiffering in Thomas Manns Roman *Doktor Faustus*, und dort gleichsam im Schutz des Klosters, hatte Drache seine Wohnung in der ersten Etage eines alten Bauernhauses, das zu einem malerischen Anwesen gehörte. Das Haus war nicht schwer zu finden. Vom Parkplatz aus durch den Torbogen und danach links haltend, war es nicht zu verfehlen. Im Hof stand eine Holzbank unter einer mächtigen Linde, die der Vorderfront des Wohnhauses Schatten spendete, ihm aber an düsteren Tagen das Licht nahm. Neben der Haustür mit der runden Butzenscheibe hingen zwei graue Briefkästen, jeweils darüber der Klingelknopf mit Namensschildchen; bei Drache die Anfangsbuchstaben HD.

Auch nach mehrmaligem Läuten rührte sich nichts, was Roth auch nicht wirklich erwartet hatte. Er stand da, überlegte, wägte ab. Sollte er sich Zugang verschaffen, was wohl kein Kunststück gewesen wäre? Aber ein Wagnis ohne Durchsuchungsbeschluss. Roth entschloss sich, dieses Risiko nicht einzugehen. Er drückte die Klingel zum Parterre. Nach einer Weile, er wollte gerade zum zweiten Mal den Knopf drücken, erschien eine alte Frau in der Tür. Sie schaute fragend zu ihm auf, erwiderte seinen Gruß mit stummem Heben und Senken ihres weißhaarigen Kopfes. Nein, sagte sie mit brüchiger heller Stimme auf Roths Frage, Herr Drache sei schon länger nicht mehr hier gewesen. Wie lange? Die alte Frau winkte ab. Lange, lange, sie gieße seine Blumen und denen ginge es darum gut. Komme es öfter vor, dass Herr Drache so lange wegbleibe? Ja, das komme immer wieder mal vor.

Roth dankte der alten Frau und lächelte sie an. Und sie lächelte zurück.

Nachdem er das Anwesen verlassen hatte, fragte Roth in der Nachbarschaft herum, und sogar im Wirtshaus vor dem Kloster erkundigte er sich nach Heimo Drache. Der Kellner des Wirtshauses erkundigte sich als Einziger, was Roth denn von Drache wolle? Nur mit ihm sprechen, antwortete Roth. Ein kurzes Zwinkern mit dem linken Auge und die Erkenntnis: Journalist? Roth zwinkerte zurück, dankte und ging. Niemand, den er gefragt hatte, hatte etwas gesagt.

Roth kehrte zu seinem Wagen zurück, zog kurzentschlossen die Wanderschuhe an und folgte den Hinweisen des Dr.-Faustus-Weges, den die Gemeinde nach den im Roman erwähnten Örtlichkeiten angelegt hatte. Der Weg führte aus dem Ort hinaus, überquerte die Schienen der Bahnstrecke, zog in die grünen Wellen der Wiesen hinein, stieg auf sanfte Hügel, kam an einem romantischen See vorüber, näherte sich wieder dem Ort. Ein schöner, ein romantischer Weg.

Unterwegs konnte er ungestört Drache hinterhergrübeln. Der Schriftsteller war von der Bildfläche verschwunden, hatte sich in Luft aufgelöst, sich unsichtbar gemacht. Er schrieb an einem Roman. Angeblich. War das nicht eher ein Indiz für seine Schuld? Steckte hinter dem Verschwinden nicht auch die Mutmaßung, dass er Magdalena auf dem Gewissen hatte?

Schon möglich.

Allerdings, sollte das mit dem Roman nicht stimmen, könnte Drache auch verreist, auf Urlaub oder auf Lesereise sein, wo auch immer. Doch davon stand auf seiner Webseite nichts. Dort stand eigentlich nichts Privates. Thema waren allein seine Bücher und die Filme. Seine längere Abwesenheit mochte gute, völlig harmlose Gründe haben. Oder auch nicht.

Am Bach entlang näherte Roth sich wieder dem Torbogen zum Kloster. Sein Lächeln wandelte sich zu einem Grinsen, als er an Kimmels Worte dachte: Während alle anderen Kommissare, vor allem die Darsteller in Fernsehkrimis, ständig am Joggen seien, als wäre das Teil ihres Dienstes, sei Roth dagegen der permanente Wanderer, der Denker in Wanderstiefeln.

Roth trat in das Augustinerchorherrenstift Heilig Kreuz, wurde empfangen von einer erfrischenden Kühle und einer hörbaren Stille. Er setzte sich in eine Bank auf der dämmrigen Seite des Kirchenschiffes.

Er schloss die Augen und schaute den zarten bunten Seifenblasen nach, die nach und nach vor ihm zerplatzten: keine neuen Erkenntnisse in der Berghütte. Die Telefonspur sprichwörtlich abgeschnitten. Hatte Drache Magdalenas Handy mitgenommen und verschwinden lassen? Wenn die unbekannte Nummer überhaupt zu Magdalena gehört hatte.

Rannte er einem Hirngespinst nach? Das Brainstorming mit sich selbst führte ihn im Kreis herum, immer wieder, wie auf einem Karussell. Im Moment war kein Paradiesvogel in Sicht, der ihm einen neuen Gedanken, eine zündende Idee zutragen könnte. Daher würde er auf der Fährte bleiben, war sie doch die einzige, die er hatte. Zudem war er sicher, dass dieser Weg der richtige war, auch wenn er nur schwach zu erkennen und steinig war. Was immerhin half: Auch Kimmel glaubte daran.

Roth fuhr nach München zurück.

Dort wurde sein Schreibtisch von Neuem zum Ausgangs- und Mittelpunkt seiner Suche nach Drache und dessen Geheimnis. Die Nachforschungen im Internet nahmen an Intensität zu. Er verstand die Schwierigkeiten nicht, die er hatte. Es mussten Hinweise existieren, irgendwo. Nur wo? Einer seiner Ansätze waren die Verlage, bei denen der Autor veröffentlicht hatte.

Eine von Roths Eigenarten waren die von ihm so genannten »Stundenbücher«, eine besondere Art von Tagebuch, mit denen er jeden Schritt seiner Ermittlungen in einer privaten Datei auf seinem Dienstlaptop dokumentierte. So tippte er die Liste der Verlage in diese Datei mit dem Namen »Was ich den Akten hinzufüge«.

Für seinen ersten Anruf wählte er den Verlag, der die Mehrzahl von Draches Büchern veröffentlicht hatte. Dreimal wurde er weiterverbunden, bis er bei Frau Dr. Greifenstein landete, die einige der Romane lektoriert hatte. Es war eine spontane Eingebung, dass er sich als Literaturdozent vorstellte, jedoch geflissentlich zu sagen vergaß, an welcher Universität. Auch der falsche Name, den er nannte, war eine Momentidee. Roth wollte sich aus einem Gefühl heraus nicht als Polizist zu erkennen geben, jedenfalls nicht gleich.

Für den Small Talk am Anfang des Gesprächs war er ganz auf der literarischen Höhe, wusste aber um seine kaum zu überspielenden Defizite in Bezug auf Draches Texte. Nach der zu Beginn hörbaren Distanz vermochte Roth durch seine freundliche Beredsamkeit die Lektorin in eine lockere Unterhaltung zu ziehen. Sie erzählte ihm, wohl mehr unbeabsichtigt, sie habe erst vor wenigen Tagen von Heimo Drache eine Mail erhalten. Darin habe er erwähnt, so am Rande, er habe sich zurückgezogen, um an einem großen Roman zu arbeiten.

Diese Mitteilung löste kein Misstrauen bei Roth aus, denn er wusste, manch ein Schriftsteller suchte die Einsamkeit, die vorübergehende Loslösung vom Alltag, von der Hektik der Welt, um konzentriert am neuen Manuskript zu schreiben.

Erst als Roth merkte, dass Dr. Greifenstein nicht mehr ganz bei der Sache war, die Dame wohl durch irgendetwas abgelenkt wurde, und sie das Gespräch sicher nicht mehr lange fortsetzen würde, stellte er die beiden für ihn wichtigen Fragen. Wohin, an welchen Ort habe Drache sich zum Schreiben zurückgezogen?

Die Lektorin konnte ihm keine gesicherte Antwort geben, sprach aber eine Mutmaßung aus, die Roth sich später sowohl in sein rotes Büchlein wie auch im Stundenbuch notierte. Doch als er seine zweite Frage stellte, nämlich die nach der Mailadresse, versteckte sie sich hinter dem Datenschutz, den der Verlag garantieren müsse. Wäre der Anrufer ein Polizist, sagte sie munter lachend, hätte sie eine Ausnahme gemacht, vielleicht. Roth lachte auch, doch war es mehr ein Lachen über sich selbst.

Als unmittelbare Folge seines Telefonats mit Frau Dr. Greifenstein ging Roth am Abend, vom S-Bahnhof kommend, nicht in seine Wohnung, sondern holte seine Vespa aus der Garage und fuhr damit zu *seiner* Buchhandlung. Die sich selbst angedichtete Rolle als Literaturdozent musste er unterfüttern, musste Körner zum Futter geben. Unbedingt musste er das Werk Heimo Draches besser kennenlernen, möglichst schnell, was er längst hätte tun sollen. Er trug Buchhändler Witte seinen Wunsch vor. Drei Bücher holte Witte aus den Regalen, zwei aus dem vorderen, eines aus dem hinteren Raum. Danach orderte er im PC die anderen lieferbaren Titel sowie die DVDs der Filme, zu denen Drache das Drehbuch geschrieben hatte.

Roth ließ die Vespa neben der Buchhandlung stehen, ging, die Papiertüte mit den drei Büchern in der Hand, hinüber zum Irish Pub, der erst vor wenigen Minuten geöffnet hatte. Noch waren keine Gäste in dem schummrigen Raum. Hinter dem Tresen wienerte der Wirt an den Edelstahlarmaturen. Roth setzte sich in eine Ecke, ließ sich ein *Kilkenny* bringen und begann, sich die Bücher anzuschauen, las die Texte auf der Rückseite, auf der vorderen und hinteren Klappe, las jeweils den Anfang, irgendwo im Buch einen Absatz, hier und da einen Satz. Sein erster Eindruck war, er würde sich nicht durch die Bücher quälen müssen, denn sie lasen sich gut. Drache hatte eine elegante, leichte Sprache, auch dort, wo sein Text schwieriger wurde, er ins Philosophieren kam.

Er tat die Bücher zurück in die Tasche, trank an der Theke im Stehen noch einen Kaffee, stark und schwarz. Dann fuhr er nach Hause.

Er bereitete sich eine Kleinigkeit zum Essen. Am Abend aß er meist nur wenig. Er schnitt zwei Tomaten in Scheiben, legte sie auf einen Teller, tränkte sie mit Olivenöl, schnitt sich ein Stück Brot, goss sich Weißwein aus der angebrochenen Flasche in ein Glas und setzte sich zum Essen an den Küchentisch. Obwohl das Radio lief, war sein Kopf mit den Büchern Draches beschäftigt.

Später legte er sich auf das Sofa, auf den Rücken, hielt das Buch mit beiden Händen vor sich in die Luft. Immer wieder senkte er die Arme ein Stück, um nachdenklich Che Guevara anzuschauen, der ihn vom Plakat herab ansah, das zwischen den beiden prall gefüllten Bücherregalen an die weiße Wand gepinnt war. Das Plakat hatte ihm sein Vater geschenkt, als er auf das Gymnasium gewechselt war. Das rote Plakat mit dem Konterfei des revolutionären Arztes mit der Baskenmütze hatte ihn auf all seinen Stationen begleitet.

Roth hatte sich in Draches bekanntestem und auch erfolgreichstem Roman *Phoibos, Gott des Lichts*, für den er den Georg-Büchner-Preis bekommen hatte, festgelesen. Nicht eine der zentralen Figuren fiel ihm auf, nein, es war eine Frau am Rande, eine geheimnisvolle Geliebte ohne Namen.

Warum hakte sein Instinkt, sein Spürsinn, gerade bei dieser Person ein? War da *Phoibos* beteiligt, der auch Gott der Erkenntnis ist? Konnte es möglich sein, dass es sich bei der gleichfalls namenlosen Stadt, in der die Geliebte ein Haus hatte, um die gleiche Stadt handelte, die er sich nach dem Gespräch mit der Lektorin aufgeschrieben hatte?

So lange er Che auch fragend anschaute, er erhielt von dem legendären Mann keine Antwort.

Von seinem Schreibtisch im LKA aus begann Roth Draches Leben intensiv unter die Lupe zu nehmen, ohne auf irgendeinen wunden Punkt zu stoßen. Das wunderte ihn nicht weiter, denn der erste Blick führte selten zum Ziel. Er musste tiefer schürfen. Erst dort lagen, wenn es sie gab, die dunklen Geheimnisse versteckt, in der unteren Schicht verborgen.

An den Abenden widmete er sich neben den Büchern auch den Filmen, die nach Draches Drehbüchern entstanden waren. Sie gefielen ihm, waren intelligente Unterhaltung, nicht mehr, aber auch nicht weniger. Die Bücher sagten Roth weit mehr über den Schreiber, waren daher eher eine mögliche Fundgrube über die unbekannte Persönlichkeit des Heimo Drache.

Roth nahm Kontakt mit der Produktionsfirma auf, für die der Regisseur Kohlhaas die Filme nach Draches Drehbüchern oder Romanen inszenierte. Beim ersten Telefonat versteckte sich Roth nicht hinter irgendeinem Vorhang, sagte gleich und deutlich, wer er war. Am Telefon wollte man keine Auskunft geben, aber Roth wurde ein zeitnaher Termin zu einem Gespräch in der Bavaria Filmstadt angeboten, den er akzeptierte.

Die Frau, die Roth in einem Besprechungsraum der Filmproduktion empfing, war sehr kooperativ. Sie bot dem Besucher vom LKA eine Skype-Verbindung mit Kohlhaas an, der zurzeit in Griechenland drehte. Kurz darauf führte Roth mit dem Regisseur eine, wenn auch kurze, freundliche Unterhaltung. Auch Kohlhaas wusste nicht, wo Drache war, hielt dessen Abwesenheit für nicht ungewöhnlich. Er beschrieb Drache, den er Freund nannte, als einen sehr netten, aber auch unberechenbaren Menschen, auf den nicht immer in jeder Situation Verlass war.

Nach einem längeren Gespräch mit Kimmel fuhr Roth nach Weilheim im bayerischen Oberland. Die kleine Stadt war der Lebensmittelpunkt Draches gewesen, bis er nach dem ersten erfolgreichen Filmprojekt nach Polling umgezogen war, also nur um die Ecke.

Roths erste Anlaufstation in Weilheim war die Redaktion der Heimatzeitung, zu der Drache, wenn auch als freier Mitarbeiter, bereits als Schüler gezählt hatte. Nachdem Roth mit dem Leiter gesprochen hatte, blieben nur zwei Männer, die seinerzeit mit Drache zu tun gehabt hatten. Gleich im Anschluss konnte er mit dem einen Lokalreporter sprechen, der Drache schon als Praktikant unter seinen Fittichen gehabt hatte. Von ihm erfuhr Roth, dass Drache sehr ehrgeizig war. Das habe sich noch gesteigert, als er von seinem Studium zurückgekommen sei, draußen in der weiten Welt nichts gefunden habe, und unbedingt nach einer Festanstellung verlangt habe. Zu jeder Zeit habe er jeden Reportertermin übernommen. Der Reporter sagte auch, dass Drache in seinen jungen Jahren bereits einen bewundernswert flüssigen Stil hatte. Er wusste auch, dass der junge Mann privat geschrieben hatte, einige Kurzgeschichten waren in der Zeitung erschienen, doch darüber wollte er nichts Genaues sagen. Zudem sei Heimo einer, mit dem man nicht so einfach zurande käme, sei er doch oft verschlossen wie eine Auster. Aber er sei literarisch ambitioniert gewesen, was er wiederum von dessen Schwester wisse. Was sich ja später als richtig zeigen sollte.

Ob er die Schwester gut gekannt habe?, fragte Roth.

Die Antwort war ziemlich ausweichend. Zu dieser Zeit habe in Weilheim so gut wie jeder jeden gekannt. Er habe die Schwester durch Heimo selbst kennengelernt. Die Geschwister seien sehr eng gewesen, da habe kein Bogen Papier dazwischen gepasst, sozusagen. Es sei nicht ungewöhnlich, dass sich die Schwachen zusammentäten, wenn die Starken, in diesem Fall die Eltern, versagten. Für ihn, den Reporter, sei es ein ziemlicher Schock gewesen, als er gehört habe, die Schwester sei in den Bergen umgekommen.

Der zweite Mitarbeiter, stellvertretender Redaktionsleiter, sollte erst gegen zwei Uhr kommen. Nach dieser Auskunft ging Roth zum Essen und streifte danach ziellos durch die Innenstadt.

Der zweite Journalist, den er tatsächlich zur angegebenen Zeit sprechen konnte, stand kurz vor seinem Ruhestand, hatte nicht mehr viel Hingabe für seinen Beruf übrig, saß offenbar nur noch seine dienstliche Restzeit ab. An Drache wollte oder konnte er sich nur schwach erinnern. Klar, seine Bücher und Filme kannte er. Allerdings wusste er Roth die Schule zu nennen, in die Drache gegangen war, suchte aus seinem Merkbüchlein eine Handvoll Anschriften heraus, die es Roth vielleicht ermöglichen konnten, etwas über den damaligen Schüler und jungen Mann zu erfahren.

Roth besuchte die Schule und stieß im Büro des Direktors auf Widerstand. Komme er nicht offiziell als Ermittler mit den rechtlichen Vollmachten, dürfe er über Schüler, auch nicht über ehemalige, keine Auskunft geben. Datenschutz, Persönlichkeitsschutz. Der Herr Hauptkommissar verstehe bestimmt?

Roth verstand, dankte und ging. Ihm war danach klar, dass er in Weilheim bleiben musste, zumindest noch einen weiteren Tag. Also suchte er sich ein Hotel und blieb den weiteren Tag. An dem war er in der Stadt, im ganzen Pfaffenwinkel unterwegs, auch noch mal in Polling.

Er verstand nicht, fand keine richtige Erklärung dafür, warum die Antworten auf seine Fragen so auffällig im Vagen blieben. Die Figur Draches als junger Mann schwamm in einem wabernden Brei, den er nicht zu klären vermochte.

Während der Weilheimer Tage füllte Roth nur zwei Seiten seines roten Büchleins mit seiner winzigen Schrift. Immer wieder las er diese Notizen durch und wunderte sich, keine verzagte Stimmung zu spüren. Eher sogar das Gegenteil. Die Dämmerung, nicht die melancholische Stimmung vor der Nacht, mehr die muntermachende zum Tagesbeginn, hatte für seinen Fall begonnen. Er sah diese blaue Stunde vor sich. Allerdings konnte er seinen Optimismus an keinem bestimmten Punkt festmachen.

Unterwegs nach München, starker Regen zwang die Scheibenwischer zu stetiger Arbeit, kam Roth ein Gedanke, der längst auf dem Tablett für den Zugriff bereit gelegen hatte, wie er sich später selbst sagte. Sollte Drache Magdalena umgebracht haben, so der Gedanke, dann stellte sich nicht allein die Frage, warum er das getan hatte, sondern, viel schwerwiegender, hatte er zum ersten Mal gemordet?

Zurück im Büro schrieb Roth ein Memo an den IT-Peter, in dem er penibel auflistete, nach welchen wunden Stellen und trüben zweideutigen Makeln dessen *Daisy* und ihre kleinen Geschwister suchen sollten. Um zusätzlichen Druck hinter seine Auflistung zu packen, bat er Kimmel, das Memo abzuzeichnen. Dann ging er direkt zu Peter, mit dem er sich bis zur Mittagszeit unterhielt.

Zurück am Schreibtisch wählte er die Nummer von Pauli Wachter, den Inhaber einer Gärtnerei in der Nähe von Weilheim. Die Adresse war eine von denen, die ihm der Redakteur der Heimatzeitung gegeben hatte. Die Begegnung mit dem Gärtner war der einzige Kontakt in Weilheim, der Roth sympathisch gewesen war. Wachter war ein lustiger Mann, der keine Scheu gezeigt hatte, auf Roths Fragen offen zu antworten. Der Gärtner war mit Drache in die Grundschule gegangen und später auch auf das Gymnasium gewechselt. Beide waren im gleichen Sportverein gewesen; nicht Fußball, sondern Judo. Nach dem Abitur hatte Wachters Vater gewollt, dass der Sohn Gartenbau studiert. Nach erfolgreichem Abschluss war Pauli zurückgekehrt, in die Rolle des Juniorchefs hineingewachsen. Mit neuen Ideen hatte er die Gärtnerei verändert, sie auf mehrere Beine gestellt. Er hatte eine Baumschule mit seltenen Gehölzen und einen Landschaftsbau entwickelt.

Roth wollte Wachter eine Frage stellen, die eine unmittelbare Folge seiner neuen Überlegung war.

»Herr Wachter –«

Der Gärtner lachte laut ins Telefon. »Wir waren doch bei Pauli, oder?«

»Klar, Pauli.« Gleich danach die Frage, präzise wie ein Schuss.

Schweigen bei Pauli Wachter. Lange.

»Pauli?«

»Ich bin noch da, Roth. Muss nachdenken. Da war etwas, nur weiß ich nicht mehr, was. Muss in meinem Gehirnkastl nachkramen. Darf ich zurückrufen, Roth?«

»Jederzeit.«

Was *Daisy* und ihre Geschwister herausfanden, landete nicht als Daten auf dem Bildschirm, sondern in Papierform auf Roths Schreibtisch. Er wollte das so, denn auf dem Papier konnte er auf seine Art mit den Daten umgehen. Was er auf dem Bogen las, erwies sich zunächst als kryptisch. Chaos breitete sich vor seinen Augen auf dem Schreibtisch aus.

Roth ging mit den Texten so vor, wie er es sonst in seinem roten Büchlein tat. Er malte bunte Pfeile und Unterstreichungen, kreiste ein, zeichnete Kästchen. Damit strukturierte er, vor allem im Kopf, trennte die Spreu vom Weizen. So schlug er sich, wenn auch mühsam, einen begehbaren Pfad durch den Datendschungel.

Bis zum späten Nachmittag hatte Pauli Wachter noch nichts hören lassen. Musste Roth davon ausgehen, dass seine Frage, ob es während der Schulzeit in ihrem nahen Umfeld zu einem Todesfall gekommen war, erst einmal ins Leere ging?

Am Abend sah Roth sich zu Hause den Film *Drei Tage Andalusien* noch einmal an, zum dritten Mal. In der Handlung der anderen Filme hatte er trotz aller Aufmerksamkeit und ständiger Hinterfragung der Dialoge, die ihm doppeldeutig erschienen, nichts wirklich Relevantes finden können. Allein bei dem Andalusien-Film hatte ihn ein eigentümliches Gefühl beschlichen. Roth vertraute seinem Bauchgefühl, auch wenn es ihm nicht sagen konnte, was genau ihn störte. Das erneute Ansehen des Filmes machte ihn nicht schlauer, beruhigte ihn aber auch nicht.

Erst einmal legte er die DVDs zur Seite, widmete sich wieder den Büchern, die auf dem Tisch vor seinem bequemen Sofa lagen. An diesem Abend schwammen seine Gedanken immer wieder davon, fütterten seine Grübeleien.

Am nächsten Morgen lagen neue Datenausdrucke auf Roths Schreibtisch. Er war noch nicht mit der Durchsicht und der Selektion fertig, als ihn Gärtner Wachter anrief.

»Pauli, guten Morgen, freut mich.«

»Ebenfalls, Roth. Es hat länger gedauert. Ich hatte nur eine sehr diffuse Erinnerung. Schaut ganz so aus, als hätte ich den Vorfall verdrängt. Musste erst mit unserem ehemaligen Lehrer Kontakt aufnehmen.«

»Und?«

»Tatsächlich gab es auf einer Klassenfahrt ein schreckliches Ereignis. Emmi, eine Mitschülerin, ist tot am Ufer des Sees gefunden worden.«

»Welcher See, Pauli?«

»Der Hartsee im Chiemgau, nicht weit weg vom Chiemsee. Die Klasse war für eine Woche auf einem Gutshof, damals ein Landschulheim, vielleicht gut zweihundert Schritte vom See entfernt.«

Ob der Heimo damals auch dabei gewesen sei?

»Sicher doch«, meinte Pauli ohne Zweifel, »Heimo gehörte ja zur Klasse. Warum also sollte er nicht dabei gewesen sein?«

»Danke, Pauli.« Roth legte den Hörer auf, lehnte sich zurück, streckte die Füße unter dem Tisch von sich. Das war so ein goldener Augenblick, in dem er sich richtig gut, rundherum zufrieden fühlte und seinem Bauchgefühl aufrichtig danke sagte.

Heimo Drache war der rote Faden. Er hatte ihn in der Hand und würde ihn Stück für Stück aufwickeln.

Darüber gab es jetzt keine Ungewissheit mehr. Eine bestimmte Frage stellte sich, nämlich: Gab es noch weitere schmutzige Flecken in Draches Vita?

Peter und sein Computer würden suchen und er jeden Makel herausfiltern. Doch schon zog ein Schatten vor die Sonne. Das tote Mädchen am See, Emmi, hatten *Daisy* und ihre Geschwister nicht gefunden, nicht mit Drache verknüpft. Roth musste also die Suchkriterien anpassen, verfeinern. Unbedingt. Und er musste vor allem auf seinen Kopf und sein Bauchgefühl setzen.

Roth schaute sich mit *Google Earth* den Hartsee und die Gegend bis nach Eggstätt an. Ziemlich sicher identifizierte er auch den Gutshof, von dem Pauli gesprochen hatte. Welche Inspektion war für das Gebiet zuständig? Prien?

Roth rief dort an. Der Leiter, ein Hauptkommissar, mit dem er sprach, war ein ausgesprochen netter Kollege.

Roth schilderte seinen Wunsch. Wann sei das geschehen, Kollege Roth, in welchem Jahr? 1988. Dieser Jahrgang der Akten liege verschnürt im Keller, sei nicht auf dem Server abzurufen.

Da hatte er den Grund, weshalb Peters elektronische Spürhunde nicht fündig geworden waren.

»Wann kann ich vorbeikommen, um sie mir anzusehen, Kollege?«

»Morgen, so um die Mittagszeit. Ich kann die Akte auch schicken.«

»Ich komme, Kollege.«

Am nächsten Vormittag hatte Roth einige kürzere Meetings im LKA hinter sich zu bringen, so auch mit Peter über die präziseren Vorgaben für die Suche, überflog noch die neuesten Unterlagen aus der IT und erstattete Kimmel Bericht.

Dann erst machte er sich auf den Weg zum Chiemsee. Die Autobahn nach Süden war stark befahren und Roth hoffte, sie würde nicht durch einen Unfall total dicht. Auch weil er nicht so schnell fahren konnte wie gewohnt, kam er ganz nach Wunsch des Kollegen pünktlich an.

Mit freundschaftlich ausgestreckter Hand und einem Schlag auf die Schulter und dem kollegialen Du wurde Roth in Empfang genommen. »Ich bin der Weber Franz«, bekam er zu hören.

Der Leiter der Polizeiinspektion Prien war ein rundlicher, ruhiger Zeitgenosse, nicht mehr jung, aber auch noch nicht im Bereich, um für den Ruhestand zu planen. Mit einer Tasse Kaffee und einem Stück Gugelhupf setzte er Roth in ein leeres Büro, wo die Akte, nicht gerade dick, eher überraschend schmal, auf dem Tisch lag. Der Kollege ließ Roth allein mit dem Hinweis, er sei gleich nebenan jederzeit zu sprechen.

Das Studium der Akte nahm gerade mal zwei Stunden in Anspruch. Was für Roth in erster Linie wichtig war, fand er im Bericht der Gerichtsmedizin. Die Schülerin Emmi Brandt war an einem Genickbruch gestorben. Der Mörder war bis heute nicht ermittelt worden. Auf dem Deckblatt der Akte prangte in roter Schrift: Ungeklärter Fall.

Nicht mehr lange, dachte Roth und lächelte. Von den wichtigsten Unterlagen, wie der Klassenliste, auf der der Name Heimo Drache stand, machte er mit seinem Smartphone Aufnahmen. Danach schrieb er Stichpunkte in sein rotes Büchlein.

Roth ging in das Nebenzimmer, sagte Franz Weber, er habe jetzt vor, zum Hartsee zu fahren, und er werde sich auch den Gutshof ansehen. Weber bot ihm an, ihn zu begleiten. Roth nahm gerne an.

Unterwegs erzählte Weber vom Chiemsee, den umliegenden Seen im Chiemgau so interessant und abwechslungsreich, dass Roth bald klar war, dass der Kollege diesen Vortrag nicht zum ersten Mal hielt.

Am Hartsee sahen sich die beiden Männer die Stelle und das Umfeld an, an der Emmi gefunden worden war, nur wenige Schritte vom Ufer weg. Nach den Fotos in der Akte war das damals schon ein genauso zauberhaftes Fleckchen gewesen wie heute. Auch mit ausgeprägter Fantasie war es schwer vorstellbar, was hier geschehen war.

Das Gut war ein bäuerliches Anwesen mit einem Gästehaus. Schulklassen kamen heute nicht mehr als Gäste, sondern ausschließlich Urlauber. Roth und Weber sprachen mit einem Traktorfahrer, der für sie von seinem mächtigen Gefährt herabstieg.

Vom Gutshof aus fuhren sie nach Eggstätt, wo sie in einem Gasthof eine Kleinigkeit zum Abend aßen. Bei Tisch erzählte Weber, dass er in seiner Freizeit ein begeisterter Heimatforscher sei, der über seine Erkenntnisse mehrere Artikel geschrieben habe, die in der Kreiszeitung und der Zeitschrift des Landkreises erschienen seien. Und dass er seit Jahren an einem Buch über die Seen des Chiemgaus schreibe.

Vor der Inspektion trennen sie sich, versprachen beide, wieder von sich hören zu lassen.

Unterwegs auf der Autobahn fragte sich Roth, was ihm der Lokaltermin gebracht hatte. Keine neuen Erkenntnisse, aber die Bilder, in die er die Vorgänge von damals projizieren konnte. Die Akte allerdings war von besonderer Wichtigkeit. Sie hatte ihm die letzte Bestätigung geliefert, dass Drache der Mörder Magdalenas war. Gut, dass er sie sich von Franz Weber ausgeliehen hatte.

8

Der verborgene Gast – Der arme Poet

Ich sehe mir das Foto an, das Pia nackt von hinten zeigt. Ich habe es vor vielleicht fünfzehn Jahren an einem südlichen Strand aufgenommen. Es hängt als drittes Foto unserer Galerie neben der Treppe von oben her oder als drittletztes von unten kommend.

Von dort nehme ich die zwei Stufen bis zum Treppenabsatz mit einem Schritt und stelle mich ans Fenster. Seit einigen Tagen ist der Himmel blau, aber nicht blank. Weiße Wolken treiben wie Inseln im blauen Meer. Eine Weile folge ich ihrem Weg. Dann senke ich langsam den Blick und lasse ihn über das Grundstück des Nachbarn wandern, den ich nicht kenne und für den ich mich nie interessiert habe, all die Jahre nicht. Das Haus schaut nicht nur grau aus, es ist tatsächlich langweilig, wirkt von dieser Seite wie ein Bunker aus Beton, hat nur wenige Fenster, schmal und hoch wie Schießscharten. Welcher Architekt entwirft so etwas und wer zahlt dafür?

Welser sei auf La Palma, behaupteten jedenfalls die Buschtrommeln, sagt Pia.

Auf einmal steht sie neben mir, nimmt meine Hand. Ich frage nicht, ob Welser der Vor- oder Nachname des Nachbarn ist und auch nicht, woher sie auf leisen Sohlen gekommen ist.

Was ich über den Nachbarn nördlich von uns inzwischen erfahren habe, erzählte mir Helene.

Er gehört zur alten Brauerdynastie Welser. Das Welser-Bräu wird in der näheren und auch weiteren Umgebung getrunken. Nicht interessiert an seinem Erbe hat er die Brauerei und alle zugehörigen Liegenschaften verpachtet. Seine letzten Schuljahre verbrachte er auf einem elitären Internat am Bodensee. Das Abitur, so wurde gemurmelt, verdanke er großzügigen Zuwendungen an die Schule vonseiten seiner Familie. Ein mit wenig Interesse begonnenes Studium hat er abgebrochen. Von einem Beruf war nichts bekannt. Die frühere Bezeichnung Privatier dürfte für seine Lebensart die passende sein. In seinem Haus, an dem er bereits während seiner Bauzeit das Interesse verloren habe, wie es hieß, war er immer seltener. Die meisten Monate des Jahres verbrachte er im Süden. Seit einiger Zeit soll er sich auf La Palma aufhalten. Helene hat gehört, Welser habe auf der Insel eine alte Finca gekauft, die er mit der eigenen Hände Arbeit herzurichten getönt habe. Diejenigen, die ihr das erzählten, spotteten im gleichen Atemzug, er habe noch nie eine Arbeit zu Ende gebracht. Auch damit, jede Wette, ginge es nicht anders. Mit einer Deutschen, die auf La Palma ein kleines Weingut führe, und einer ehemaligen Lehrerin, die schon länger als Wanderführerin auf der Insel lebe, habe Welser eine Beziehung zu dritt. Das wiederum, sagten die Lästermäuler, passe wie eine Faust auf das Kinn zum Charakter des Biererben.

Ein Mann kommt aus dem Haus und wandert über das weitläufige Grundstück, mal nach rechts, mal nach links, mal kommt er auf uns zu.

Ich sehe Pia an.

Welser?

Sie schüttelt den Kopf.

Stumm schauen wir dem Gartenspaziergänger zu. Hinter Sträuchern, zum Fluss hin, entschwindet er aus unseren Blicken.

So wie sie aus dem Nichts gekommen ist, ist Pia auch wieder weg. Sie war wohl nur auf einen Sprung da. Hat sie die Unterlagen für ihr neues Projekt, ihr eigenes Modelabel, auf dem Schreibtisch, wo ich es gesehen und gelesen habe, liegen lassen?

Unten höre ich die Haustür. Ist Pia hinaus oder Helene gekommen?

Ich steige die Treppe hinunter. In der Küche ist Helene dabei, den Inhalt des Einkaufes zu verteilen. In der Tür stehend frage ich, ob sie Pia begegnet ist. Sie schaut mich an, schüttelt den Kopf. Will sie mir sagen, was sie über den Nachbarn und das Grundstück weiß? Sie sagt es mir.

Dieser mir unbekannte Welser ist für mich spannender, regt meine Fantasie stärker an als der Nachbar auf der Südseite, dieser berühmte Maler. Berühmtheit ist für mich ein Reizwort.

Nachdem sie mit dem Netz und der Welser-Geschichte zum Ende kommt, frage ich sie, wer sich um das Haus dort drüben kümmert. Ein Mann sei durch den Garten gelaufen.

Der Mann sei der Cousin von Welser, einer aus der armen Linie, der zusammen mit seiner Frau Haus und Garten in Schuss halte, sagt Helene. Er würde meist am Samstag den Rasen mähen oder anderweitig Lärm machen.

»Das kenne ich nur zu gut aus Polling«, stimme ich ihr bei. Man halte es nicht für möglich, wie viele Rasenstücke, manche kaum größer als ein Bettlaken, zu den unmöglichsten Zeiten mit einem Rasenmäher bearbeitet und damit die Umgebung mit Krach traktiert werde. Dann kommen dazu noch unregelmäßig Holzhacken, Sägen oder Hämmern, eine unfrohe Feier der Kakofonie.

Helene beginnt, in der Küche zu werkeln, und ich merke, ich stehe ihr im Weg, sie hat keine Muße mehr für eine Unterhaltung, die ohnehin zu nichts führt. Also lächle ich ihr zu, verlasse ihr Reich, gehe mit einem spontanen Verlangen hinüber in das Esszimmer, wo im Büfett der Alkohol verwahrt wird. Ich gieße mir fingerbreit vom schottischen Whisky in ein Glas, und trete damit hinaus auf die Terrasse.

Mit der Ansicht der Spötter, dieser Welser bringe nichts auf die Reihe, wurde bei mir eine empfindliche Saite angeschlagen. Wie lange ist diese Aussage auch für mich zutreffend gewesen? Ich will gar nicht darüber nachdenken, was für ein lausiger Schriftsteller ich damals war, gerade noch so als Journalist eines

Regionalblattes zu gebrauchen. Ich war ein depressiver, verunsicherter Komödiant, der sich selbst nicht so richtig zu einer der beiden Fachrichtungen gezählt hat. Das war die Zeit, als ich über bekannte Friedhöfe schrieb, eine Serie. Das waren Orte, die mich anzogen. Aber irgendwo, in einem winzigen Hinterstübchen meines Gemütes, war ein Rest von Optimismus zurückgeblieben. Pessimistisch glaubte ich zäh an ein Dennoch.

So stellte sich meine Situation dar, als mich der pure Zufall mit Felix-Rainer Kohlhaas zusammentreffen ließ.

Kohlhaas, ein junger Regisseur ohne Erfolg mit einem bunten Strauß wenig realistischer Flausen im Kopf, und ich, ein namenloser Journalist einer unbedeutenden Zeitung, Autor zweier Romane, über die der Verlag Tränen vergoss, da niemand sie kaufen, ergo auch nicht lesen wollte. Ich war einer dieser grauen Menschen, die niemandem auffallen, keinem im Gedächtnis bleiben.

Noch als Schüler verdiente ich mir ein besseres Taschengeld als freier Mitarbeiter bei der Heimatzeitung. In der Redaktion waren sie froh, einen Dummen zu haben, dem sie ihre unliebsamen Arbeiten, die unpassendsten Termine zuschieben konnten, und der sich nicht wehren konnte, wenn sie seine Texte nach ihrem Gusto zurechtstutzten.

Zunächst mit dem Rad, dann mit einem jämmerlichen gebrauchten Moped war ich zu den Veranstaltungen in der Stadt und dem näheren Umland unterwegs. Noch in der Nacht schrieb ich meine Artikel, die ich am Morgen auf dem Weg zur Schule in den Briefkasten der Zeitung warf. Nach einer gewissen Zeit versuchte ich mich an Buchrezensionen und Filmbesprechungen. In unserem Blatt kamen solche Artikel nur hier und da als Pressetexte von Verlagen oder den verschiedenen Filmproduktionen vor. Der Redaktionsleiter Sepp Schneider, der immer seine Hand über mich hielt, forderte mich auf, damit weiterzumachen und sie wurden zu einer fixen Ecke in der Zeitung.

Dass mich die Redaktion im Alltag als das fünfte Rad, wohlwollend gesagt, betrachtete und behandelte, wurde für mich dadurch wettgemacht, dass mein Name immer häufiger unter oder über den Artikeln stand. Als schließlich in einer der Wochenendbeilagen eine meiner Kurzgeschichten abgedruckt wurde, sah ich mich schon auf der ersten Stufe zum großen Erfolg als Schriftsteller. Allerdings holte mich meine Deutschlehrerin aus den Wolken zurück auf den Boden. Eine schlampige Arbeit, urteilte sie streng, Fantasie sei nicht alles, ein Autor müsse vor allem das Handwerk beherrschen. Suche ich nach dem genau richtigen Wort, höre ich noch heute ihre Mahnung, immer unbedingt nur mit dem präzisen Ausdruck zufrieden zu sein. Darauf komme es nämlich an, sagte sie, und da fehle mir noch einiges. Zudem müsse ich einen eigenen, einen zu mir passenden Stil finden.

Zwei Jahre nach dieser deutlichen Klarstellung war die gleiche Frau stolz über meine glänzende Deutschnote beim Abitur. Ihr Glückwunsch und ihr Lob waren für mich ein Ritterschlag, der eine Brücke über viele Tiefs hinweg bedeutete.

Allerdings habe ich später gerade sie für die frühere Missachtung einer ganzen Reihe Hochnäsiger büßen lassen. Als sie mir in Polling einmal zufällig begegnete, habe ich sie voller Hochmut, und sehr ungerecht, wie Luft behandelt und links liegen lassen. Mir ging es in diesem Moment richtig gut. Aber mit ihr habe ich jemanden bestraft, der es nicht verdient hatte.

Jedenfalls, für welches Studium ich mich entscheiden würde, war eigentlich keine Frage. Was denn anderes als Journalistik? Zum zweiten Fach wählte ich Philosophie, wo wir uns im zweiten Semester mit den *Formen der Ästhetik* beschäftigten. Die Erkenntnisse daraus sind mir bis heute wichtige Hinweise und Hilfen, mit den immer wiederkehrenden Nackenschlägen zurechtzukommen. Beide Studienwege machten mir Freude und fielen mir leicht. Im Rückblick behaupte ich, es war meine beste Zeit.

An den Wochenenden war ich meist für die Zeitung unterwegs. Die Bezahlung sei etwas besser als vorher, weil ich Student sei, wie Sepp behauptete. Ich verstand diese Logik nicht, aber egal, das Geld kam mir gerade zupass. Nun musste ich auch nicht mehr Hindernisse mit meinen Geschichten überwinden; sie wurden immer wieder gebracht. Die Leserzuschriften klangen in meinen Ohren wie Engelsmusik, zumindest die, die Sepp mir zeigte.

Eines Tages lief mir Joe über den Weg. Er erzählte mir, dass er in München Kunst studiere. Ich sah nicht den Joe von jetzt vor mir, sondern den Jungen von früher, der mit seinem braun eingebundenen Autogrammbuch jedem halbwegs Prominenten, der unsere Stadt besuchte, hinterherjagte. Ich stand vor ihm, er redete begeistert, und ich sah die Worte regelrecht aus seinem Mund hervorsprudeln. Diese etwas bizarre Vorstellung habe ich Jahre später für eine Drehbuchszene verwendet.

Während meines Studiums schrieb ich drei Romane, die heute nicht mehr existieren. Es waren unbrauchbare Fingerübungen, ein verkrampftes Suchen nach dem eigenen Ausdruck als Schriftsteller. Für die Zeitung zu schreiben fiel mir leicht. Sobald ich mir vornahm, »Literatur« zu Papier zu bringen, kämpfte ich mit jedem Wort, wurde jeder Satz zum Gestammel. Es wollte mir einfach nicht gelingen, etwas zu schreiben, das einem höheren Niveau standhalten konnte.

Ich schloss mein Studium ab und musste dankbar dafür sein, dass sie mir bei der Heimatzeitung eine Praktikantenstelle anboten, selbstredend nicht nennenswert besoldet. Ich musste mich mit dem Zeilenhonorar eines freien Mitarbeiters begnügen. Bis dahin war tatsächlich der Höhepunkt als Schriftsteller mein Theaterstück, das ich als Sechzehnjähriger für die Schulbühne geschrieben hatte. Dachte ich daran, war ich gut drauf, ansonsten stampfte eine dumpfe Verzweiflung alle meine Träume in den Eimer.

Die Tage und Wochen reihten sich zu Monaten, wurden Jahre. Ich saß immer noch in meinem Zimmer bei den Eltern, meine

Schwester hatte das Nest längst verlassen. Da bekam ich endlich eine feste Stelle, allein durch die Fürsprache von Sepp Schneider, unserem Redaktionsleiter. Er revanchierte sich für meine ständige Unterstützung, denn der Teufel Alkohol hatte ihn immer mehr in den Schwitzkasten gepackt. Wir waren zu dritt gewesen, hatten uns den Hofstaat genannt und hatten die meisten Aufgaben für unseren Chef mit erledigt, der immer öfter für Tage ausgefallen war. Wir hatten es tatsächlich vermocht, ihn längere Zeit vor dem Herausgeber zu tarnen, bis er sich schließlich selbst in eine Klinik eingewiesen hatte.

Lehnte ich die Einladung der Kollegen auf ein oder mehrere Biere ab, konnten sie es sich nicht verkneifen, auch wenn sie es nicht böse meinten, mich als »Literaten« aufzuziehen. Hin und wieder nannten sie mich auch »Spitzweg«, in unverkennbarer Anspielung auf den *Armen Poeten*.

Die Erinnerungen an damals, dieses festgenagelt sein in der Provinz, immer das überlegene Lächeln meiner Schwester vor meinem inneren Auge, die zügig vorankam mit dem, was sie sich vornahm, sind mir nur schwer erträglich. Ich war eine Schildkröte, die kaum merkbar von der Stelle kam.

Wie oft habe ich mir meinen Misserfolg als Schriftsteller schöngeredet. Was ich mir als Licht am Horizont einflüsterte, war mit Vernunft betrachtet reiner Blödsinn. Dennoch glimmte irgendwo in einem winzigen Eckchen noch ein Funke Hoffnung, es vielleicht doch noch zu schaffen. Dabei wusste ich, dass das, was ich bisher geschrieben hatte, auch mit allem Wohlwollen betrachtet nur Mist war. Im Kopf sah jeder Satz vollendet aus, aber stand er auf dem Papier, taugte er nichts mehr, war unwahr, nicht richtig, einfach nur falsch. Absolut trostlos. Ich verlor jede Lockerheit, wollte zu viel, hinter jedem Wort, jedem Satz Wahrheit mitklingen lassen. Nur war es so, dass die Sätze in Geschwätz versandeten und zurückblieben die Scherben meiner zerschlagenen Träume.

Und dann – ich bin fest davon überzeugt – mischte nicht nur

eine Fee mit und brachte mich mit Felix-Rainer Kohlhaas zusammen. Beinahe hätte ich diesen Schubser des Schicksals vergeigt und wieder einmal alles falsch gemacht. Aber nur beinahe.

Ich war im Kino gewesen. Ich lief durch die Nacht und legte mir im Kopf meine Besprechung zurecht. Betrat spontan eine kleine Bar. Setzte mich an einen Tisch in der Ecke, bestellte ein Bier. Mein Stift sauste über das Papier meines Blocks.

Und genau das, mein intensives Schreiben, lockte Kohlhaas an den Tisch. Er sah mir zu, ohne dass ich es bemerkte. Erst als ich den Punkt hinter diesen Entwurf setzte, sah ich auf.

Der hat ebenso blaue Augen wie Paul Newman, schoss es mir durch den Kopf, als ich Kohlhaas sah.

Wer ich sei, wollte Kohlhaas wissen.

Viel später, als ich ihr von diesem Zusammentreffen erzählte, fragte Pia, was ich auf diese Frage geantwortet habe. Nur meinen Namen?

Sie war gerade dabei, mir vor dem raumhohen Spiegel im Bad die Haare zu schneiden, hatte nur ein weites weißes T-Shirt an. Ich schwebte wieder einmal auf Wolke sieben in der Erinnerung an die Begegnung mit Kohlhaas, war übermütig, schlug ihr vor, von uns ein Foto zu machen. Mit Selbstauslöser nahm ich die Spiegelszene auf.

Das Bild hängt gerahmt in unserer Galerie neben der Treppe. Erst vorhin, auf dem Weg hinunter zum Frühstück, habe ich es betrachtet und dabei an Kohlhaas gedacht.

Was also habe ich Kohlhaas damals geantwortet? Ich habe es nicht vergessen, wie auch keinen Moment mit ihm in der Bar.

»Bin ich nur ein Stecknadelkopf in der Zeit?«, sagte ich, ohne weiter zu überlegen.

Das müsse ich ihm schon erklären, entgegnete er. Und auch Pia konnte mit meinen Worten nichts anfangen.

Dabei war es ganz einfach: Ich bin jemand, der keine Spuren hinterlassen wird, eben ein Winzling im Dasein, ein Niemand.

Ein Niemand, der sich mit solch verzinkten Antworten vorstelle, der so intensiv schreiben könne, der sei mit Sicherheit kein Stecknadelkopf in der Zeit, meinte Kohlhaas bestimmt.

Ohne Umstände, einfach so, rückte er mir gegenüber an den runden Tisch, beugte sich vor, gab ein Zeichen, ohne hinzusehen, in Richtung Theke, bekam etwas später ein Pils gebracht, war demnach nicht zum ersten Mal hier Gast.

Schnell fanden wir einen Gesprächsfaden, den wir aufrollten, dabei tranken und rauchten. Unsere zu Beginn lockere Plauderei mündete bald in eine muntere Diskussion, driftete ab in versponnene Philosophie und schließlich versuchten wir, uns gegenseitig mit hanebüchen verrückten Ideen zu übertrumpfen.

Als wir uns trennten, die Bar schloss ihre Türen direkt hinter uns, wusste er nicht, wer ich war. Ich wusste nicht, wer er war. Die kleine Bar war unser einziger gemeinsamer Nenner.

Nur wenige Tage später saßen wir wieder dort zusammen am gleichen Tisch. Beide hatten wir fast zur selben Stunde die Bar in der Hoffnung aufgesucht, den anderen wieder zu treffen.

An diesem Abend vereinbarten wir unsere Zusammenarbeit. Bereits einige Wochen später, nach mehreren Treffen in der Bar, schrieben wir zusammen ein Drehbuch. *Verrückte Windhunde* war eine Komödie, obwohl wir beide von Natur aus überhaupt keine lustigen Zeitgenossen waren, eher das Gegenteil davon. Seit damals glaube ich, nur ernsthafte Naturen können Komödien verfassen. Witzbolde werden von ihrer Natur daran gehindert.

Felix-Rainer brachte mir bei, wie das funktionierte, ein Drehbuch zu schreiben, hatte er darin doch schon Erfahrung.

Der Film wurde für das Fernsehen gedreht und war ein Erfolg. Mit dem gleichen Rezept hätten wir weitere Filme machen können. Aber das wollten wir beide nicht.

Wie auch immer, ich hatte endlich das finstere Tal des Misserfolgs hinter mir gelassen. Aber die Zeit davor hat in meinem Gemüt Spuren hinterlassen, an denen ich bis heute zu tragen habe.

9

Der verborgene Gast – Olivia

Während ich frühstücke, lasse ich meine Blicke durch den Garten spazieren gehen bis hin zur Hecke an der Straße und zum Tor. Auf der Straße fährt nur hier und da ein Auto von rechts nach links. Bei den letzten Schlucken Kaffee blättere ich die Zeitung durch. Heute bleibe ich nicht an irgendeinem Artikel hängen, lese aber auf der TV-Seite, dass am Abend ein Fußball-Länderspiel, Qualifikation zur WM, übertragen wird, und ich werde es mir anschauen. Ich bin überrascht, dass ich so etwas wie Vorfreude darauf verspüre.

Die Zeitung bleibt auf dem Tisch liegen, als ich die Küche verlasse und langsam die Treppe hinaufsteige, Stufe für Stufe. Ich bleibe vor dem Foto stehen, das ich von Pia in Dresden gemacht habe, als sie im Zwinger strahlend vor den küssenden nackten Putten stand. Wir hatten damals unsere Freude an diesen verspielten steinernen Figuren.

Dann kommt Helene ins Haus, sieht mich auf der Treppe, lächelt, schwenkt das Einkaufsnetz. Ich verstehe, was sie mir damit kundtun will. Wir werden, wie vereinbart, zusammen kochen. Gulasch nach polnischer Art.

Der Vormittag ist lustig und unterhaltsam. Helene ist geschickt darin, ihre Hilfskraft, also mich, einzusetzen. Mehrfach berührt sie mich wie nebenbei mit ihrer warmen Hand. Mir scheint keine Absicht dabei zu sein. Helene ist nun einmal so lebhaft, dass sie den anderen neben sich hin und wieder begreifen muss.

Zur Mittagszeit sitzen wir in der Küche und verspeisen zusammen das Gulasch. Es schmeckt mir sehr gut und Helene freut sich, als ich es ihr sage. Danach verweist sie mich allerdings aus der Küche. Also steige ich nach oben, ohne an einem der Fotos haltzumachen, in mein Studio. Erstaunt bleibe ich im Türrahmen stehen. In der Früh habe ich meine gelben Merkzettel auf dem Fußboden verteilt, mich hingekniet und die Notizen in eine Ordnung zu schieben versucht. Die Zettel liegen da und ich habe nicht mehr an sie gedacht. Darum mein kurzes Staunen.

Die beschriebenen gelben Zettel sind Notizen für einen Abschnitt des *Theseus*, über den einen oder anderen Satz habe ich sinniert, mich gefragt, ob die Formulierung für die Situation stimmig ist. Ich versuche, die Beschreibung der Szene so hinzubekommen, als stünde der Leser direkt daneben, wäre mit dabei. Dieser kleine Textteil gehört zu einem wichtigen Kapitel, in dem es um die Beichte des Inzests geht und sich die gewechselten Worte und die Gedanken des Priesters und des Sünders mit dem Prinzip von Gut und Böse duellieren. Hier sind viele Gedanken an die Oberfläche gekommen, die ich jahrelang im Unbewussten mit mir herumgetragen habe.

Doch jetzt bin ich satt und müde, nicht bereit, in dieses Fegefeuer der Gefühle und Argumente einzusteigen und mich mit vollem Bauch zu meinen Notizsplittern zu knien. Auf Zehenspitzen tanze ich zwischen den Zetteln zu meiner Hängematte, lege mich hinein, verschränke die Hände hinter dem Kopf, schaue hinauf ins Gebälk. Und denke an Pia. Sehe mich zusammen mit ihr in Dresden in der Semperoper und an einem anderen Abend in einem Schiffsrestaurant auf der Elbe tanzen.

Wie haben mich ihre Augen damals angeblitzt. »Tanzen ist die vertikale Vorbereitung zum horizontalen Verlangen«, flüsterte sie mir zu. Das habe sie irgendwo gelesen und es stimme sogar.

Es waren Tage der Liebe in Elbflorenz. An Moral oder Unmoral verschwendeten wir keinen Gedanken.

Halten mich meine schönen Erinnerungen in ihren Armen oder trägt mich Morpheus durch meine Träume?

Wie spät ist es, frage ich mich, als ich so weit wach bin, um den Kopf zur Uhr zu drehen, die auf dem Schreibtisch steht. Vier Uhr, früher Nachmittag. Noch ziemlich lustlos rolle ich mich aus der Hängematte, stelze durch den papiernen Fleckerlteppich zur Tür, braue mir in der Küche einen Espresso, trinke ihn im Stehen, kehre zurück in mein Studio. Ich setze mich an den Schreibtisch, schlage mein Notizbuch auf, in dem ich als *Der verborgene Gast* schreibe, nehme den Stift und verwandle weitere Erinnerungen in geschriebene Worte.

Ich verließ in Polling das Wirtshaus am Kloster, in dem ich eine Kleinigkeit gegessen und mehrere Biere getrunken hatte. Mit dieser Freizeit belohnte ich mich für den Schlusspunkt hinter einem Essay über den Romancier und Dichter Lawrence Durrell, den ich für die *ZEIT* schrieb, und den ich unmittelbar vor meinem Ausflug zum Wirtshaus per Mail an meinen Agenten geschickt hatte. Es war eine Heidenarbeit gewesen, die ich anfangs ziemlich unterschätzt hatte, denn ich kannte Durrells Werk recht gut und hatte eigentlich keine Schwierigkeiten auf dem Weg gesehen, sein Loblied zu singen. Allerdings war ich schon beim Entwurf auf Punkte gestoßen, die ich, um nicht ins Ungefähre abzudriften, unbedingt hatte klären müssen, was hieß: nachlesen. Danach hatte ich mich Stufe um Stufe auf mein Ziel zu getastet, um schließlich zufrieden den letzten Punkt zu setzen.

Mit leichtem Schwindel im Kopf überquerte ich die Straße, ging durch den Torbogen zur Kirche, setzte mich in eine der Bankreihen. Ich fühlte mich leicht, fast schwebend, wie in einem Traum gefangen, irgendwie unwirklich, ein schwacher Schleier trübte meinen Blick. Ich kam nicht zum Gebet hierher, sondern wegen der wunderbaren Ruhe. Mit der Religion hatte ich es nicht so.

Fast war ich eingeschlafen, als in meiner Nähe jemand hustete. Verwirrt blickte ich mich um, sah einen Mann in der Bank hinter mir. Warum saß er gerade da?

Ich erhob mich und verließ das Gotteshaus. Es waren nur wenige Schritte bis zu meiner Wohnung. Schon auf der Treppe hörte ich das Telefon in meinem Arbeitszimmer. Noch bevor ich den Hörer abnehmen konnte, hatte das Klingeln aufgehört.

Ich legte mich aufatmend auf die Couch, schaute zur Decke hinauf, schloss nach wenigen Momenten die Augen, war gleich darauf eingeschlafen.

Als ich am frühen Abend erwachte, brauchte ich Minuten, um zu mir zu kommen. Mein Traum gab mich nicht so leicht frei. Er war ein Film der Erinnerung an schöne Stunden mit Pia. Immer wieder schickte mir das Unterbewusstsein diese gespeicherten Sequenzen. Warum gerade jetzt? Egal.

Fast war ich versucht, Pia anzurufen, wissend, dass wir dann in unser vertrautes Liebesgeflüster, dieses Streicheln mit Worten, dem Zuflüstern alberner gewagter Sprüche versinken würden.

Der Gedanke, Pia anzurufen, brachte mich erst dazu, nachzusehen, wer versucht hatte, mich zu erreichen.

Mein Agent. Sicher wollte er über mein Essay sprechen. Allerdings hatte er auf dem Anrufbeantworter keinen Grund genannt, nur um zeitnahen Rückruf gebeten. Da er wohl noch im Büro war, rief ich ihn sofort an.

Nein, meinen Text habe er noch nicht angesehen, er werde ihn erst am Wochenende lesen. Wichtig sei Folgendes: Er habe wegen einer Anfrage der *Frankfurter Allgemeinen Sonntagszeitung* angerufen. Ob ich eine Reisereportage über Andalusien, genauer gesagt über die Costa del Sol und deren Hinterland übernehmen könne, das Gebiet, das früher Al-Andalus genannt worden sei? Ich solle möglichst schnell reisen, idealerweise bereits in den nächsten Tagen. Dauer der Recherche vor Ort: eine Woche. Schreiben: eine Woche. Mein Bericht, geplant sei eine Zeitungsseite, sei für die Osterausgabe vorgesehen. Entscheidung möglichst jetzt am Telefon?

Ich schwieg, musste überlegen. Sprach etwas dagegen? Eigentlich nicht. Ich hatte das Essay fertig und nichts Neues auf dem Tisch. Allein gegen diese Eile, beinahe Hektik, sträubte ich mich innerlich. Andererseits war die Aufgabe reizvoll.

Und? Ja oder nein?

Meinem Agenten dauerte mein Schweigen zu lange. Wenn nein, betonte er, gäben sie den Auftrag jemand anders.

Wie die Konditionen lauteten?, wollte ich wissen.

Das Honorar dürfte kein Hindernis sein, es sei gut. Über das Thema könne ich frei verfügen. Die Rechte an meinem Bericht blieben bei der *Sonntagszeitung*, was auch in Ordnung sei.

Nach diesen Aussagen gab ich mir einen Ruck, sagte ja und meine Fantasie machte einen Sprung in die nahe Zukunft. Die lähmende Melancholie, die mir nach jeder abgeschlossenen Arbeit bekannt war, löste sich in Nichts auf.

Mein Agent war nach meiner Zusage hörbar erleichtert. Ich solle wissen, sagte er, die wollten unbedingt meinen Namen für die Ankündigung und über den Titelzeilen haben. Für die Zeitung sei ich der Garant für eine höhere Auflage.

Diese Worte liefen mir wie warmer Honig über die Seele.

Nach dem Telefonat stand ich lange am Fenster, sah ohne Blick zur Kirche hinüber, ließ meinen Gedanken freien Lauf. Ein Film aus meiner Erinnerung lief an:

Das erste Bild zeigt mich auf einer Bank sitzend am Seeufer, an einem erkennbar südlichen See, dem Lago Maggiore. Am Abend würde uns der *Goldene Leopard* auf dem Festival von Locarno verliehen werden. Auch noch in diesem, meinem imaginären Film kommt mir der Preis wie ein bösartiger Scherz des Schicksals vor. Unzählige Male habe ich mir solche Ehrungen, ihre unterschiedlichen Abläufe in der Zeit auf der anderen Seite des Erfolgs taggeträumt, weit, unendlich weit weg von solch unwirklichen Höhenflügen.

Nach »Verrückte Windhunde« hatte das Adrenalin in meinem Blut nicht nachlassen wollen, das Feuer brannte in mir.

Ich hatte eine Idee, einen meiner Meinung nach besonderen Plot im Kopf, setzte mich hin und schrieb in kurzer Zeit das Drehbuch, diesmal alleine, von »Doppelte Welt«. Eine kleine Gruppe Menschen wechselt zwischen der normal wirkenden und aussehenden Wirklichkeit und einer Parallelwelt, in der die Algorithmen, die künstliche Intelligenz, die Herrschaft übernommen haben, hin und her; die Menschen vegetieren dort dahin, es herrscht Faustrecht, die reine, brutale Anarchie.

Felix-Rainer Kohlhaas las das Manuskript in einer Nacht. Morgens gegen fünf rief er mich an und nahm mir das Versprechen ab, das Drehbuch verfilmen zu dürfen. Ich freute mich sehr über das Angebot, seine hörbare Begeisterung und stimmte schlaftrunken zu, nicht mal sicher, nicht doch zu träumen. Träume gehen ja manchmal gut aus.

Von diesem Film an nannte sich Kohlhaas in übertriebenem Understatement einen Filmemacher. Zum ersten Mal war er nicht nur der Regisseur, sondern auch einer der Produzenten, und er war auch, so wie ich ihn von unserem ersten Film kannte, das Mädchen für alles am Set. Er war überall, kümmerte sich auch um Kleinigkeiten. Drehte Kohlhaas einen Film, war er ein völlig anderer Mensch. War diese Arbeit zu Ende, schaltete er eine ganze Reihe von Gängen zurück und wurde wieder zu dem Mann, den ich in der kleinen Bar kennengelernt hatte.

Als wir für »Doppelte Welt« den Berliner Bären in Gold gewannen, packte mich eine unbändige Freude. Für eine ganze Weile hielt ich die Augen fest geschlossen, bis mich der Jubel um mich herum aus dem Momenttraum in den Saal zurückbeamte.

Später am Abend, alles Offizielle lag hinter uns, die Trophäe war sicher im Hotel aufgehoben, suchten Kohlhaas und ich uns ein Lokal in der Nähe. Wir aßen sehr gut. Als wir schließlich das Lokal verließen, sah ich diesen Mann auf dem Dach gegenüber. Ich machte Kohlhaas auf ihn aufmerksam, doch als er hinsah, war der Mann weg.

Da mir diese kurze Szene nicht aus dem Kopf ging, entwickelte ich daraus den Keim für den Roman *Der Mann auf dem Dach*, den ich in Kohlhaas' Häuschen im Tessin schrieb, und der zu meinem ersten Bestseller wurde.

Doch es war auch der Roman, den ein Kritiker, der sich für den besten und größten Kritiker hält, der Böll und Lenz zu den auch literarisch Toten zählt, mir mit einer Breitseite voll in die Euphorie knallte. Auf den Rat meines Verlages, speziell von Clara, und von Felix-Rainer, reagierte ich nicht auf den perfiden Angriff. Und tatsächlich, die schlimme Rezension schadete dem Buch nicht, eher im Gegenteil. Der Angriff an sich war nach drei Tagen vergessen. Doch ab da nahm dieser Herr Großkritiker nicht nur jedes meiner Bücher, sondern auch alle Filme, an denen ich beteiligt war, auseinander. Aber er hatte keinen Erfolg damit. Der Erfolg blieb auf meiner Seite. Was konnte einem passieren, war das Glück auf der richtigen, auf der Seite des Kritisierten?

Nach dem ersten Tag auf der Frankfurter Buchmesse, fast zwei Jahre nach Berlin, kam ich bei meinem Abendspaziergang an einer unscheinbaren Kirche vorbei, ging hinein, zündete eine Kerze an. Eine spontane Idee. Dann saß ich in der Bank, umgeben von Stille, dachte zurück an meine Zeit bei der Heimatzeitung und dem freudlosen Elend als erfolgloser Schriftsteller, diesem vom Erfolg träumenden, traurigen Schreiberling. Und ich erinnerte mich an einen anderen, lange erfolglosen Schriftsteller, an dem ich mich damals hin und wieder aufgerichtet hatte: an Arno Schmidt und dessen Versuch, bei vier Verlagen eine monatliche feste Zahlung für einen bestimmten Zeitraum zu erhalten, um ohne Not an seinem später zum Kult gewordenen Roman schreiben zu können.

Jetzt stand ich auf einer oberen Sprosse der Erfolgsleiter, kaum zu glauben, und dachte nur noch sporadisch, dass das eigentlich ein Wunder war. Ist es so, dass man sich auch an Erfolg zu gewöhnen vermag?

Ich sinnierte am Ufer des Lago Maggiore vor mich hin. Am Abend würde es um den »Goldenen Leoparden« für Kohlhaas und mich gehen.

Es wurde allmählich kühl, ich verließ die Bank, ging die Promenade entlang, sah einer Malerin vor ihrer Staffelei aus höflichem Abstand einige Augenblicke zu, legte einem Mundharmonikaspieler, der auf der Mauer hockte, einen großzügigen Obolus in den Hut, ein lächelnder Versuch, die Götter für den Abend zu bestechen.

Noch wusste ich nicht, wann ich in den Flieger nach Andalusien steigen würde, aber viel Zeit für die Vorbereitung blieb mir nicht.

Meinen Buchhändler in Weilheim erwischte ich noch am Telefon und bestellte bei ihm die besten Reisebücher über die Costa del Sol und das Mittelmeergebiet von Andalusien. Am folgenden Abend würde ich sie abholen können.

Dann setzte ich mich an meinen Computer und ging im Internet auf die Reise. Als ich mir später einen Whisky eingoss, mich mit dem Glas in der Hand in meinen Schaukelstuhl am Fenster zurücklehnte, wusste ich, was ich mir in Andalusien ansehen würde und worüber zu schreiben interessant sein könnte. Ich schaute hinüber zur Klosterkirche, deren Turm dunkel wie ein Scherenschnitt gegen den helleren Himmel stand. Unabhängig davon, was mir die Redaktion möglicherweise vorgeben würde, nahm ich mir vor, Granada mit der Alhambra und das märchenhafte Córdoba zu besuchen, das mich alleine schon durch seinen Namen anzog.

Am Sonntagvormittag fuhr ich zeitig los zum Münchner Flughafen. Den Parkplatz hatte ich im Internet reserviert. Im Terminal 2, am Serviceschalter der Lufthansa, waren meine Unterlagen hinterlegt. Ich setzte mich in eine ruhige Ecke, um sie durchzusehen. Die wichtigsten Punkte kannte ich bereits. Flug nach Málaga, Hotel in Torremolinos, dort würde sich mein örtlicher

Begleiter, Fahrer und Fremdenführer melden. Von meinem Auftraggeber gab es keine einschränkenden Regeln. Ich war in der Auswahl und Darstellung völlig frei. Nur die Termine waren fix, so auch das Ende meiner Reise: Am kommenden Sonntag würde ich von Málaga zurück nach München fliegen.

Nachdem ich den Sicherheitsbereich hinter mir hatte, setzte ich mich in eines der Restaurants, trank einen frischen Orangensaft, sprach einige einleitenden Sätze in mein Diktiergerät, formulierte erste Gedanken und schrieb sie in mein Notizbuch. Als der Saft getrunken war, spazierte ich zum Gate, las noch einmal den Brief, den mir die *Sonntagszeitung* mit auf den Weg gegeben hatte. Er war freundlich, ja freundschaftlich im Ton, deutete sogar eine weitere Zusammenarbeit an, die ohne Zweifel davon abhing, wie mir meine Arbeit gelang, wie geschickt der Honigsauger die Blüte Andalusiens aussog.

Ich nahm den Kopf hoch, schaute durch die Fenster und war erstaunt, denn es regnete ziemlich stark. In Gedanken war ich längst vorausgeflogen in den Süden.

In Málaga erwarteten mich Sonnenschein und eine angenehme Wärme. Ich fuhr mit dem Taxi nach Torremolinos. Zur vereinbarten Zeit traf ich mich mit meinem Begleiter in der Hotelbar. Er war kein Spanier, wie ich erwartet hatte, sondern ein Deutscher. Werner stammte vom Bodensee, lebte seit mehr als dreißig Jahren in Andalusien, war Mitarbeiter einer Reiseagentur in Málaga. Ich nehme voraus, dass es angenehme Tage wurden mit Werner als Begleiter. Brauchte ich ihn, war er zur Stelle, ansonsten blieb er unsichtbar. Entweder hatten sie ihm gesagt, wie ich ticke, oder er verfügte über eine hervorragende Menschenkenntnis verbunden mit sensiblem Einfühlungsvermögen. Es war wohl Letzteres, denn er hatte lange Erfahrung in seinem Beruf, dem er mit Freude nachging.

An Ende des ersten Treffens hatten wir einen Ablaufplan für unsere gemeinsame Zeit vereinbart. Am folgenden Tag würden wir nach Granada fahren. Für die Alhambra hatte die Agentur Karten zur Verfügung. Werner verließ das Hotel, ich fuhr hinauf in den zweiten Stock. Dort lag mein Zimmer mit freiem Blick zum Meer.

Etwas später trug mich der Lift auf das Dach, wo ein Pool, der Fitnessraum und eine Terrasse auf den Gast warteten, der von hier eine weite Aussicht über die Dächer der Stadt, das Meer und die nahe Hügelkette genießen konnte.

Auf dem Zimmer notierte ich, was sich in meinem Kopf an relevanten Überlegungen zu meinem Thema angesammelt hatte. Zudem skizzierte ich den Ideenkeim für einen möglichen Roman, der mir auf dem Dach wie ein buntes Vögelchen zugeflogen war.

Mit diesem Fragment eines Einfalls im Kopf streifte ich nach dem Abendessen durch die Straßen von Torremolinos hinunter zur Uferstraße. Ich stand zwischen zwei Strandrestaurants und schaute auf das ruhige Meer hinaus. Wieder einmal hatte sich mein Bewusstsein geteilt in Realität und Imagination. Während ich als Betrachter einer neuen Umgebung unterwegs war, beschäftigte sich meine Fantasie mit der sich langsam entwickelnden Geschichte.

Irgendwann mitten in der Nacht, ich schaukelte in einer diffusen Zwischenwelt, erfasste ich, dass ich soeben den zukünftigen Roman in einer skurrilen Form geträumt hatte. Später staunte ich, dass ich so viel Energie und Vernunft hatte sammeln können, um mein Bett zu verlassen und einen knappen, am Morgen sichtbar wirren, aber gerade noch brauchbaren Ablauf hinzukrakeln.

(Schon einen Tag nachdem ich den Reisebericht *Andalusien mit meinen Augen* an meinen Agenten schickte, begann ich an dem Roman zu arbeiten und gleich dazu parallel das Drehbuch zu schreiben. Buch und Film wurden als *Drei Tage in Andalusien* ein respektabler Erfolg.)

In der Umhängetasche meine Utensilien, Schreibblock, Diktiergerät und Digitalkamera, trat ich am Morgen aus dem Lift, um mich in der Lobby mit Werner zu treffen, der schon in einem der roten Sessel wartete.

Während der Fahrt auf der Autovia nach Granada hatte Werner viel zu erzählen und es war kein Füllen der Zeit, es war vielmehr eine pralle Sammlung von Fakten über Land und Leute, die mich dazu brachte, mir Stichworte zu notieren, hier und da sogar nachzufragen. Als ich zu ihm hinüberschaute, hatte er rote Wangen und lächelte vor sich hin. Er freute sich über meine Reaktion, die ihm zeigte, dass ich seinen Worten folgte und sie wichtig nahm.

Wir waren zeitig genug vor dem Zugang zur Alhambra, um noch vor dem Ansturm das Gelände zu betreten. In den folgenden drei Stunden erwies sich Werner als kenntnisreicher und unterhaltsamer Führer, der es ausgezeichnet verstand, meine Augen und Aufmerksamkeit auf die besonderen Punkte zu lenken und mir die besten Stellen für Fotos zu zeigen.

Eine Zeit nach Mittag saßen wir vor einem Café im Schatten auf der Plaza Bib-Rambla unten in der Stadt. Ich machte mir Notizen, Werner sah mir zu, füllte auf Nachfrage einige Lücken. Bevor wir Granada verließen, führte er mich noch zu einem Rundgang durch die sehenswerte Kathedrale.

Vor meinem Hotel lud ich ihn zum Essen ein. Mit betrübter Miene lehnte er ab, da er am Abend noch einen wichtigen privaten Termin hatte. Erst am letzten Abend sprach ich noch einmal die Einladung aus und er nahm dankend an. Werner führte mich in ein Restaurant, das ich alleine nie gefunden hätte. Es wurde ein netter Abend mit Gitarrenmusik, den ich gerne in Erinnerung habe.

Der nächste Tag war ein Dienstag, für den wir uns Marbella auserkoren hatten. Ohne jede Eile fuhren wir an der Küste entlang gen Süden. Die Stadt hatte einen kleinen, sehr schönen Kern, war viele Jahre der Treffpunkt des Jetsets. Dort verbrachten wir angenehme Stunden. Werner hatte einiges, auch Lustiges über Marbella zu erzählen. Ich hörte zu, ohne nicht einmal die besten Episoden zu notieren, denn ich hatte nicht vor, über Marbella zu schreiben. Erst zu Hause fügte ich in den fertigen Bericht einen kurzen Absatz ein, da es sich im Ablauf des Textes anbot.

Zum Frühstück am nächsten Morgen ließ ich mir Eier und Speck bringen, trank zwei Tassen Kaffee. Danach holte ich meine Umhängetasche aus dem Zimmer und verließ das Hotel. Auf der anderen Straßenseite lehnte Werner wartend am Kotflügel des Wagens.

Unser Ziel an diesem Tag war Córdoba. Werner verkürzte die Fahrzeit mit einer erstaunlichen Fülle von Wissenswertem über die berühmte geheimnisvoll magische Stadt am Guadalquivir. Was ich alles über Córdoba gelesen hatte, ließ mich zudem eine gewisse Erwartung spüren. Ich hatte mich entschieden, neben der Alhambra diese historische Stadt zum zweiten Schwerpunkt meines Berichtes zu machen.

Nach Absprache mit Werner sahen wir für Córdoba eine Übernachtung vor, ich wollte die Stadt auch bei Dunkelheit erleben. Gebucht hatte er in einem kleinen Hotel gegenüber der Altstadt, nur wenige Schritte von der Römischen Brücke und dem Calahorra-Turm entfernt.

Zusammen gingen wir über die Brücke dem romantisch bräunlich rot getönten Bild der alten Stadt entgegen. Werner machte mich auf die Steinfigur des Erzengels Raphael aufmerksam, der von der Brücke aus über Córdoba wachte. Einen längeren Moment blieben wir stehen, betrachteten die Figur. Nur wenige Minuten später betraten wir durch einen steinernen Torbogen die Stadt. Wir waren kurz vor der Mezquita, diesem alles beherrschenden Bau, der schon von der Brücke aus unsere Blicke auf sich gezogen hatte. Unter den Bäumen, dem Zugang der ehemaligen Moschee gegenüber, erwartete uns die Führerin.

Werner kannte die junge Frau und sie begrüßten sich fast freundschaftlich. Sie war schlank, dunkeläugig mit honigfarbenem Haar, das im Sonnenlicht golden schimmerte, hieß Olivia, war Studentin und sprach ausgezeichnet Deutsch. Werner warf noch einen schnellen Blick in den schattigen Innenhof der Mezquita, bevor er sich verabschiedete. Wir hatten uns erst für den Abend im Hotel verabredet.

Olivia sprach mit einem winzigen Akzent, der mir nicht sogleich auffiel, aber dann als sehr reizvoll, beinahe lustig in meinen Ohren ankam.

Wir begannen unseren Rundgang. Die riesige maurische Moschee mit der christlichen Kathedrale in ihrer Mitte, Weltkulturerbe, war faszinierend und beeindruckte mich sehr. Olivia erzählte anschaulich und spannend. Was ich sah und was die junge Frau erzählte, zog mich in seinen Bann. Bei manchen Episoden ließ ich mein Diktiergerät mitlaufen.

Als wir die Mezquita nach mehr als zwei Stunden verließen, staunte ich über die verflossene Zeit. Wir setzten uns unter einer schattigen Arkade in ein Straßencafé. Seit einem winzigen Augenblick in der Kathedrale, Olivia hatte nach oben geschaut, ich hatte sie von der Seite angesehen, ihren schlanken Hals betrachtet, spürte ich eine mir wohlbekannte Unruhe, die ich unbedingt hoffte, wieder zu besänftigen. Wir tranken Orangensaft und ich schrieb die noch frischen Eindrücke in mein Notizbuch, fragte manche Einzelheit gleich bei Olivia nach.

Danach bummelten wir durch die idyllische Altstadt mit ihren malerischen Winkeln und Plätzen. In einem verwirrenden Gassengewirr sagte Olivia, dieses Viertel heiße Juderia. Sie zeigte mir wunderschöne Patios und Innenhöfe. Auf dem größten Platz, der Plaza de la Corredera, hatten früher regelmäßig Stierkämpfe und Pferderennen stattgefunden. In meiner Vorstellung sah ich den römischen Schriftsteller Seneca in vornehmer Tunika und Sandalen durch diese malerische Stadt spazieren.

Wir kamen von der alten Synagoge, einem Kleinod maurischer Baukunst, als mich Olivia mit einem versteckten Lokal überraschte, wo wir im schattigen Innenhof, farbenprächtige Blumen in bunten Kübeln ringsum an den weißen Wänden, ausgezeichnet andalusisch speisten. Ich fühlte mich gut, innerlich ruhig, unterhielt mich mit Olivia, stellte ihr Fragen, die sie alle geduldig beantwortete. Mir fiel es schwer, diesen beschaulichen Ort wieder zu verlassen, doch sie malte mir den Alcázar mit solch schönen Worten vor mein inneres Auge, dass wir schließlich doch zu diesem Ziel aufbrachen.

In den ausgedehnten Gartenanlagen des Alcázar bummelten wir herum, ließen uns Zeit. In einer stillen Ecke setzten wir uns auf eine steinerne Bank und unterhielten uns über das vergangene, geschichtliche Córdoba. Dabei merkte ich, wie sich mir auf leisen Sohlen das fremde Wesen näherte, das ich fürchtete. Ich sprang auf, eilte mit schnellen Schritten zu dem nahen Wasserspiel, um es zu fotografieren. Da blieb plötzlich die Zeit stehen, ich verließ die Erde, war unterwegs zum Mond und noch weiter zu den Sternen.

Olivia bemerkte nicht, dass ein Fremder zu ihr zurückkam. Als dieser Mann gleich darauf den Alcázar verließ, blieb die junge Frau allein auf der Steinbank sitzen.

Ich streifte durch die Gässchen der Altstadt. Irgendwann fragte ich mich, wann und wo ich mich von Olivia verabschiedet hatte. Hatte sie nicht zu einer Verabredung mit Kommilitonen gewollt?

Meine Beine meldeten sich und ich setzte mich in eine Tapasbar, trank Wein, aß einen Teller der schmackhaften Häppchen. Mir fielen elegante Formulierungen ein, die ich mir notierte, und ich entwarf mehrere Absätze für meinen Reisebericht.

Später verlief ich mich in der Dunkelheit in den Gassen. Doch schließlich kam ich zur Brücke. In der Gegend musste etwas geschehen sein, die Präsenz der Polizei war auffällig. Von der Brücke aus sah ich die Kormorane auf den Steinen im Wasser und drüben das von einem Spot angeleuchtete eiserne Mühlrad nahe der Ufermauer. Die Abendsonne tauchte die Mezquita-Kathedrale in goldenes Licht. Langsam kam ich dem Turm näher und betrat wenig später unser Hotel.

Nach dem Frühstück am nächsten Morgen verließen wir Córdoba.

In Sevilla war Werner wieder mein Führer durch die Stadt und die Kathedrale. Er zeigte mir auch das Haus des imaginären »Barbier von Sevilla«. Die schöne Stadt Nerja mit ihren berühmten Höhlen und dem »Europa-Balkon« besuchten wir an meinem letzten Tag in Andalusien. Am Sonntagmittag fuhr mich Werner zum Flughafen und ich flog zurück nach München.

10

Roth ermittelt – Tod in Córdoba

Roth saß, seine Tasche zwischen den Füßen, eine Zeitung auf dem Schoß, vor dem Gate, erwartete den Aufruf seines Fluges nach Sevilla. Er sah hinaus auf das Vorfeld, wo eine Maschine vorüberrollte und zwei Flugzeuge mit Passagierbrücken verbunden waren. Eine Cateringfirma lud metallene Container in eine der Maschinen. Ein Stück weiter hinten, fast schon verdeckt, standen die offenen Transportwagen mit den Koffern bereit.

Zeitig in der Früh hatte Lis Blum Roth zum Flughafen gefahren. Lis würde ihn auch am nächsten Abend wieder abholen, hatte sie versprochen. Er konnte sich auf Lis verlassen. Sie war ein Fels in seinem Leben, schon seit fast zehn Jahren. Er sah sie vor sich und lächelte versonnen. Sie waren Nachbarn und gute Freunde. Beide lebten ihr Leben und waren sich dennoch nah. Roth war dankbar für diese Beziehung, war sie doch nicht gerade alltäglich. Lis sah das ebenso, wusste Roth. Lis und er waren viel unterwegs und kannten beide keine normalen Arbeitszeiten. Als Wirtschaftsanwältin war Lis immer wieder weltweit unterwegs, war wochenlang mit irgendeinem Fall beschäftigt. Ein Zusammenleben hatten sie ausgeschlossen, da waren sie sich einig. Trotz dieser Umstände hingen sie aneinander, wussten, was sie aneinander hatten, aber das Wort Liebe kam in ihrem gemeinsamen Wortschatz nicht vor.

Das Boarding begann. Roth erhob sich erst, als sich das Gedränge legte. In der Maschine herrschte noch ein ziemliches Durcheinander. Er hatte seinen Platz in der Mitte, legte auf einen Fensterplatz keinen besonderen Wert. Diese Stunden im Flieger nahm er als willkommene Auszeit, gab sie ihm doch die Möglichkeit, ohne äußere Störung seinen Gedanken nachzuhängen.

Der Start erfolgte in eine graue Wolkenwand hinein. Der Airbus war nun unterwegs gen Süden, flog in die Zukunft hinein. Was mochten ihm die beiden Tage in Córdoba bringen? Natürlich befand er sich auf den Spuren von Heimo Drache. Würde Roth am nächsten Abend eine klarere Vorstellung davon haben, was sich in Andalusien ein paar Wochen vor Ostern im Jahr 2010 abgespielt hatte? Für Roth war vor allem wichtig, der Verknüpfung zwischen dem Tod einer jungen Fremdenführerin und dem Schriftsteller jeden Zweifel zu nehmen. Gelang ihm das, hätte sich dieser Ausflug gelohnt.

Während das Flugzeug in die Zukunft flog, gingen Roths Gedanken zurück, beschäftigte er sich mit den vergangenen Tagen und Wochen. Er hielt sein rotes Büchlein in der Hand, ohne darin zu blättern oder zu lesen.

Es war eine Zeit zumeist am Schreibtisch gewesen, die hinter ihm lag, und deren unmittelbare Folge dieser Flug nach Córdoba war.

An manchem Abend fühlte er sich regelrecht erschöpft, ausgepresst wie ein Schwamm, was in erster Linie aus seiner Verunsicherung herrührte, da er ständig die Frage vor Augen hatte, ob er nicht doch einem Phantom nachjagte. Hatte Sisyphos sich auch so gefühlt, als er die Vergeblichkeit seiner Mühen immer wieder erkennen musste? Wie konnte einer auf die Idee verfallen, Sisyphos wäre ein glücklicher Mensch gewesen? Wodurch hatte Albert Camus zu dieser verrückten Ansicht kommen können? Roth jedenfalls belastete die Vergeblichkeit seiner Suche im Labyrinth des unendlich weiten Feldes der digitalen Welt. Es war Lis, die ihm aus dem Tunnel half, als sie ihm sagte, er solle es als ein Stegreifspiel betrachten, dann sei seine Suche nicht so freudlos wie sich als deprimierten Sisyphos zu sehen.

Stegreifspiel oder Sisyphosgefühl, egal, die Suche nach Todesfällen im Umfeld Draches bot sich ihm wie Grillenfangen dar, forderte die feste Überzeugung für diesen Weg, der der richtige sein musste, auf das Äußerste heraus. Eine gute, auch gern angenommene Unterstützung kam von Kimmel, der ihm ohne Wenn und Aber den Rücken stärkte und ihn ohne Diskussion nach Andalusien fliegen ließ.

Es war *Daisy*, die in zwei Zeilen auf dem Ausdruck darstellte, was ihn für lange Momente die Luft anhalten ließ. Bei der ersten flüchtigen Durchsicht der Ausdrucke hatte er nicht erfasst, was die Augen da vom Blatt lasen, lag der angegebene Ort doch weit außerhalb seines Jagdgebietes.

Córdoba in Andalusien. Eine junge Frau war durch einen Genickbruch gestorben. Und Heimo Drache war an diesem Tag in Córdoba gewesen. Ein Zufall? Das konnte nicht sein. In der ersten Euphorie des Fundes war das ein Feiertag für Roth, der sich vom Sisyphos löste, jedenfalls einen guten Moment lang. Roth badete in der Freude über diese entdeckte Nadel im Heuhaufen. Diesen dicken Faden würde er nicht mehr aus der Hand geben. Die entscheidende Kugel war gefunden, mit der das scheue Wild erlegt werden konnte. Glaubte Roth zumindest.

Alle hemmende Verkrampfung war von Roth abgefallen wie eine störende Hülle. Seine Gedanken bewegten sich leicht und flexibel. Das Grübeln machte ihm wieder Spaß. Jetzt kam es darauf an, jede Öffnung im Netz zu verkleinern, durch die ihm Drache möglicherweise noch entwischen konnte. Wieder und wieder verband er alle Knoten miteinander, sah noch einmal den Film an und las den Roman, in dem Córdoba, die Mezquita, die Altstadt und der Alcázar eine Rolle spielten. In diese für ihn noch fremden Örtlichkeiten kopierte er Drache hinein und stellte sich vor, was geschehen war, wie es hätte geschehen können. Doch auch seine blühende Fantasie hatte ihre natürlichen Grenzen. So war ihm eins klar geworden: Er musste nach Córdoba, um zu verstehen, um die Bilder Realität werden zu lassen. Er musste sich vergewissern.

Roth fühlte einen Finger an der Schulter. Der Flugbegleiter

brachte auf einem Tablett eine Mahlzeit, sein Kollege wenig später das Trinken. Roth wählte einen Kaffee. Sein rotes Büchlein ließ er in seine Brusttasche gleiten.

Während des Essens fiel ihm das Zusammensein mit seinen Eltern neulich beim Italiener ein. Da die Eltern beide Kulturfreaks waren, die viel Zeit in Museen und Ausstellungen verbrachten, begeisterte Leser und Wanderer waren, ergab sich ganz locker eine breite Palette von Gesprächsthemen. So entstanden keine verlegenen Pausen am Telefon oder ihren regelmäßigen Treffen. Über den Beruf des Sohnes sprachen sie eher selten, denn da reagierte der Sprössling ausgesprochen maulfaul.

Nach dem Essen, Roth hatte gerade den Kaffeebecher in der Hand, versuchte der Sitznachbar, Kontakt aufzunehmen. Roth lächelte ihn stumm an, machte damit den Versuch einer Annäherung zunichte. Diese Art der Abwehr beherrschte er perfekt.

Roth dachte sich ins Büro des Rechtsmediziners zurück. Dieser Arzt war sein Kontakt zum »Institut für Rechtsmedizin« der LMU. Er hatte den Termin kurzfristig vereinbart. Nicht am Telefon, in einem persönlichen Gespräch hatte er die ihm wichtige Frage klären wollen, wie schwer oder wie leicht es war, einen Menschen durch einen Genickbruch zu töten.

Die Antwort war unspektakulär. Nicht sonderlich schwer, sagte der Arzt lapidar, vorausgesetzt, der Mörder wisse, was er tue, kenne also die Technik. Soldaten, Mitglieder eines SEK, Killer der Unterwelt. Der Arzt grinste über seinen komischen Scherz. Und jeder, der im Internet sucht? Auch der. Und jemand, der asiatischen Kampfsport betreibe? Auch das sei denkbar. Nur – welcher Kampfsport ziele auf die Tötung des Gegners?

In der U-Bahn zurück zum LKA suchte Roth in seinem roten Büchlein nach einer Notiz, von der er wusste, dass er sie eingetragen hatte. Er fand die Zeile. Pauli Wachter hatte gesagt, sie hätten damals Judo trainiert. Kann man da lernen, dem Gegner das Genick zu brechen? Er musste den kumpelhaften Gärtner noch mal anrufen.

Als er in seinem Büro den Rechner hochgefahren und seine neu eingegangenen Mails geprüft hatte, stellte er mit Genugtuung fest, dass die »Frankfurter Allgemeine Sonntagszeitung« auf sein Schreiben geantwortet hatte. Seine Anfrage hatte er mit der Bitte verbunden, möglichst alles über die Zusammenarbeit der Zeitung mit Heimo Drache zu erfahren. Bei dem Gespräch mit dem Redakteur am Telefon hatte er gesagt, als er die Zurückhaltung durch die Leitung gespürt hatte, er habe nicht vor, eine offizielle Sache daraus zu machen, würde es gerne inoffiziell laufen lassen, das Ganze tief aufhängen. Es war wohl Roths Ton gewesen, der dabei mit Absicht durchgeklungen war, sodass der Redakteur gebrummt und gesagt hatte, Roth solle ihm die Fragen an seine Mailadresse schicken.

Nun also war die Antwort da. Es hatte einige Tage gedauert. Vielleicht hatte sogar ein Anwalt die Fragen und Antworten geprüft.

Drache war im Jahr 2010 für die Wochenzeitung eine Woche in Andalusien gewesen, hatte dabei einen Begleiter gehabt, einen Werner Lenz, der als Fremdenführer in Málaga lebte. Gewohnt hatte Drache in Torremolinos und war mit Lenz als Fahrer und Führer im Mittelmeerbereich von Andalusien unterwegs gewesen, so auch in Córdoba. Die Führung durch die Mazquita und die Altstadt hatte Lenz organisiert. Der Bericht, den Drache über die Reise geschrieben hatte, war ein guter Erfolg gewesen. Gerne hätte die »FAS« noch das eine oder andere Mal mit Drache zusammengearbeitet, es war aber nie dazu gekommen, jedes Mal hatte irgendetwas nicht gepasst. Am Ende der Mail, in der Zeile vor der Grußformel, stand die Handynummer von Werner Lenz.

Spontan griff Roth nach dem Hörer, wählte die Nummer und hatte tatsächlich Glück. Lenz, der Fremdenführer, war in der

Agentur, für die er arbeitete. Er war sehr freundlich und sofort bereit, mit Roth zu sprechen.

Auch wenn es schon eine ganze Reihe von Jahren her sei – wie viele eigentlich? –, klar könne er sich an Drache erinnern. Ein interessanter, auch irgendwie eigenartig introvertierter Mann mit einer besonderen Ausstrahlung, die er sogar verstärken könne, wenn er das wolle. Manchmal sei es Lenz vorgekommen, als sei Drache ein Schauspieler, der in einer permanenten Rolle gefangen sei. Solche aus dem Rahmen fallende Persönlichkeiten würden auch ihm nicht jeden Tag begegnen. Aber er habe auch schon weniger prominente Klienten gehabt, die sich arg ungehörig aufgeführt hätten. Nein, nein, Drache war ein angenehmer Zeitgenosse. Später habe er ihm, Lenz, sogar seinen Reisebericht geschickt, mit Autogramm über der Seite. Ganz gewiss, Drache könne schreiben, locke mit den richtigen Worten die Leser wie bunte Blüten die Bienen.

Ein poetischer Fremdenführer, dachte Roth und fragte nach: »Wie lange waren Sie mit Herrn Drache in Córdoba, Herr Lenz?«

»Einen Tag und eine Nacht. Drache wollte dort übernachten.«

»War das eine Momententscheidung?«

»Nein, ich hatte das schon von Málaga aus arrangiert. Ich hatte da ein kleines Hotel an der Hand, drüben auf der anderen Seite des Guadalquivir.«

Könne sich Lenz erinnern, ob Drache in Córdoba ein anderes Verhalten gezeigt habe, abweichend von vorher oder auch nachher?

Er versuche sich den Tag zurückzurufen, denke ihm nach, sagte Lenz. Ja, es habe da Momente gegeben, die ihn verwundert hätten, allerdings erst im Nachhinein, als er ihn im Flughafen von Málaga durch die große Halle davongehen gesehen habe.

»Was waren das für Momente, Herr Lenz?«

»Hat Herr Drache von seinen sportlichen Aktivitäten erzählt, dann lag auf seinem Gesicht eine Spannung, die sonst nicht da war. Seine Worte waren hochfliegend, es klang fast nach Angabe, als wollte er imponieren. Allerdings hat er sich schnell selbst gestoppt, brach seine Fantasie abrupt ab. Einmal hat er wortreich von seiner Zeit als Einzelkämpfer bei der Bundeswehr regelrecht geschwärmt, seiner besten Zeit nach eigener Ansicht.«

»Er sagte, er war bei der Bundeswehr?«

»Ja, ich nahm ihm das ab. Das klang alles so echt, so erlebt, verstehen Sie, Herr Roth?«

Wieso war Drache auf solchen Blödsinn verfallen? Roth wusste, dass der Schriftsteller nicht bei der Bundeswehr gewesen war. Reichte ihm sein Schreiben nicht, um andere Lebensentwürfe zu erfinden?

»Diese Anflüge von Angabe hatte er nur in Córdoba?«

»Ja, eigenartig, nicht wahr?«

»Kannten Sie die Fremdenführerin, mit der Drache in Córdoba unterwegs war?«

»Ich kannte Olivia sogar sehr gut. Sie war eine taffe Frau, die ich gerne an meine Klienten vermittelt habe.«

»Die junge Frau wurde ermordet, Herr Lenz.«

»Ja, ganz, ganz schlimm ist das. Mir ist ihr Tod sehr nahegegangen.«

Lenz sagte, er habe erst Tage später davon erfahren. Da sei er mit einem amerikanischen Paar auf einer Rundfahrt zu den weißen Dörfern gewesen. Zur Beerdigung von Olivia sei er nach Córdoba gefahren, habe dabei sein müssen, um es glauben zu können, begriffen habe er ihren plötzlichen Tod nicht.

»Hat Drache mit Olivias Tod zu tun, Herr Roth?«

»Darüber darf ich Ihnen keine Auskunft geben.«

»Ich zähle jedoch eins und eins zusammen.«

»Das steht Ihnen frei.« Roth lachte leise. »Ich danke Ihnen,

Herr Lenz«, sagte er. »Darf ich Sie noch einmal anrufen, wenn weitere Fragen auftauchen sollten?«

»Jederzeit, Herr Hauptkommissar. Ich habe aber selbst noch eine Frage.«

»Ja?«

»Es ist doch wohl so, dass die deutsche Polizei sich für diesen Mord interessiert, weil die Spur nach Deutschland führt?« Kleine Pause. »Zu Drache?«

»Der Fall in Córdoba ist ungeklärt. Wir gehen unseren Hinweisen nach, Herr Lenz.«

»Und irgendwie sind Drache und ich in den Fokus geraten. Wodurch, Herr Roth?«

»Keinen Kommentar, Herr Lenz. Ich will Sie aber gerne beruhigen: Sie stehen nicht im Fokus.«

»Aber Drache. Warum?«

»Bitte, Herr Lenz«, mahnte Roth.

Nachdem der Hörer aufgelegt war, dachte Roth über seine nächsten Schritte nach. Es führte kein Weg daran vorbei, mit den Kollegen in Córdoba Kontakt aufzunehmen. Doch das ging nicht so einfach. Der Dienstweg, also der lange Weg, führte über Interpol. Roth durfte und wollte kein Ausweichmanöver starten. Aber er würde die Gelegenheit nutzen, mit seinen inzwischen guten Beziehungen den Weg abzukürzen. Er war mit mehreren Kollegen bei Interpol so gut vernetzt, um sie bitten zu können, ohne große Umstände die Verbindung mit Andalusien herzustellen.

In seinen »Stundenbüchern« suchte er den Kollegen heraus, der ihm der Geeignetste erschien. Emanuel war Franzose, den er bei einer Zusammenarbeit kennengelernt hatte, die ihn damals in die Bretagne, nach Rennes, geführt hatte.

Roth rief in Paris an. Emanuel war sofort am Telefon. *Ein gutes Omen*, dachte Roth. Nach einigen persönlichen Sätzen begründete er mit einer kompakten Zusammenfassung seines

Falles sein Anliegen, nämlich die Vermittlung eines Kontaktes zur Policía Nacional in Córdoba. Emanuel versprach zu helfen.

Erst am nächsten Nachmittag rief er aus Paris an, teilte die Freigabe mit. Unausgesprochen hing die Frage zwischen ihnen, weshalb es so lange gedauert hatte. Roth meinte, das Schulterzucken Emanuels durch die Leitung zu erspüren, ließ also eine Bemerkung sein.

Nach dem Telefongespräch mit Emanuel brach Roth zu einem Rundgang durch das Haus auf. Er schaute auch bei Peter in der IT vorbei und zum Schluss besuchte er Kimmel.

Zurück in seinem Büro wählte er die Nummer, die Emanuel ihm gegeben hatte. Nach dreimaligem Rufzeichen meldete sich Comisario Àlvarez Martínez mit einem Hola. Der Comisario wusste, wer Roth war, zeigte sich unterrichtet, um was es dem Anrufer ging, versprach seine Unterstützung. Dann fragte er in seinem guten Englisch, ob er Roth zu seinem Kollegen Inspector Díaz López weiterverbinden dürfe, der sein Ansprechpartner sein würde. Roth bedankte sich und wartete auf die neue Stimme. Und – Überraschung – ein sympathisches Timbre grüßte mit »Einen schönen Tag, deutscher Kollege.« Roth freute sich darüber, sagte das auch und der Kontakt war entspannt hergestellt. Roth bat den Polizisten in Andalusien um Unterstützung in einem Fall, an dem er gerade arbeite. Um was es gehe, fragte Díaz López und ließ sich von Roth erzählen. Nein, er könne sich an den Mord im Alcázar nicht erinnern, sei er damals nämlich noch in seinem letzten Jahr auf der Polizeischule gewesen.

In Roths Rückschau drang die Stimme des Flugkapitäns. Den Passagieren wurde mitgeteilt, die Maschine befinde sich im Landeanflug auf Sevilla.

Roth hatte die Augen geöffnet, lehnte den Kopf zurück, schaute blicklos auf die Hinterköpfe seiner Vorderleute.

Was hatte Kollege Díaz bei einem weiteren Anruf gesagt? Er habe die Akte vor sich liegen, in der er gelesen habe, dass eine

Studentin, die als Stadtführerin gearbeitet habe, auf einer Steinbank im Alcázar tot aufgefunden worden sei. Grund ihres Todes sei ein Genickbruch gewesen. Der Fall sei nicht gelöst worden.

Diese Worte des Inspectors bestätigten *Daisys* Daten.

Roth fragte den Kollegen, ob er nach Códoba kommen könne, um sich vor Ort alles anzusehen, sich ein genaues Bild zu machen? Selbstverständlich, er sei willkommen. Am besten fliege er nach Sevilla, von dort hole er ihn dann ab, er müsse ihm nur die Flugdaten übermitteln.

Der Airbus setzte auf und Roth war in Andalusien gelandet.

Die Tasche über der Schulter, trat Roth in die große Halle von San Pablo. Seine Augen hatten viel zu Schauen und zu Staunen. Dieser Flughafen hatte etwas Originelles, präsentierte sich als eine Besonderheit. Roth versuchte, die architektonische Sehenswürdigkeit zu begreifen. Gut, er hatte sich vorbereitet, wusste, wo er landen würde, aber was er dann sah, hatte mit der Darstellung im Internet nicht viel gemein, die Bilder passten nicht übereinander.

Er gab sicher eine komische Figur ab, wie er durch den weiten Raum schritt, nicht recht wusste, wo er den Kopf hinwenden sollte. Dennoch nahm er einen Mann in einem blauen Pullunder wahr, der breit lächelnd genau in seinem Weg stand.

Roth lächelte zurück. »Senior Díaz López?«

»Herr Roth aus München?«

»Roth reicht aus«, sagte der Deutsche.

»Antonio oder einfach Toni«, sagte der Spanier.

Ihr fester Händedruck bekräftigte den guten Draht, den sie von ihrem ersten Telefonat an zueinander hatten.

Der Inspector der Polícía National übernahm sogleich die Stelle des Fremdenführers. Der Polizist liebte seine Heimat und das hörte Roth in jedem Satz seiner Schilderungen.

Die für einen Flughafen ungewöhnliche Architektur war kein Zufall, war geplante Einbeziehung der geschichtlichen Basis des

Landes. Díaz López, Toni, zeigte, während sie langsam die Halle durchquerten, die deutlich sichtbaren maurischen Spuren, die Interpretationen von Moschee, Palast, Orangenhain, die erstaunlich zu einer optischen Einheit verschmolzen worden waren. San Pablo war mehr als ein moderner Flughafen, war auch ein Fest für die Sinne der Reisenden, die mit diesen symbolischen Darstellungen begrüßt wurden.

Während der gut eineinhalbstündigen Fahrt wurde die Unterhaltung der Männer nicht einmal von längeren Pausen unterbrochen. So erzählte der Inspector von seinen Jahren in Deutschland. Mit seinen Eltern war er als kleiner Junge nach Wolfsburg gekommen. Dort war er zur Schule gegangen, hatte Abitur gemacht. Nach Abschluss seines Jurastudiums war er in die Heimat seiner Eltern zurückgekehrt, die nach vielen Wochen Ferien bei den Großeltern eine unwiderstehliche Anziehungskraft aufgebaut hatte, und war dort in den Polizeidienst eingetreten.

Seine Erzählung unterbrach er immer wieder mit Erläuterungen zur Landschaft, durch die sie fuhren, und zu Andalusien im Kleinen wie im Großen. Mit klugen Zwischenfragen zeigte Roth sein Interesse an den Schilderungen des Kollegen Toni.

Seit einiger Zeit folgte die Straße dem Guadalquivir und dann lag Córdoba mit der zentralen Mesquinta-Kathedrale und der Altstadt rötlich braun in einem überirdischen südlichen Licht vor ihnen.

Oberhalb des Flusses hielt der Inspector am Straßenrand an. Sie verließen den Wagen, um sich das schöne Bild vor ihnen in seiner ganzen Breite anzusehen. Es war heiß, ein leiser Wind strich unter den Bäumen hin. Gleich zur rechten Seite stand der Torre de la Catahorra, ein mächtiger Wachturm, heute ein Museum, wie Antonio Días López sagte, der Altstadt gegenüber am Ende der Puente Romano, der römischen Steinbrücke.

Nachdem die beiden Männer wieder im Wagen saßen, dauerte es nur wenige Minuten, bis ein paar Straßenecken weiter der Inspector vor einem Hotel parkte. Der untere Teil der Hauswand bestand aus blauen Kacheln mit einer ländlichen Szene. Hier hätten 2010 Drache und Lenz für eine Nacht ein Zimmer genommen, wie jetzt auch Roth.

Das war eine interessante Neuigkeit, ja eine Überraschung für Roth. Toni freute sich über seinen Coup. Er stellte seinen Gast der Hotelbesitzerin vor, eine weißhaarige mütterliche Frau mit vorgebundener weißer Schürze, die passabel Englisch sprach. Vielleicht, meinte Toni zu Roth, erinnere sie sich für Roth an damals, denn ihm habe sie nichts von Belang erzählt.

Die Hausmutter zeigte Roth ein freundliches Gesicht und dann sein Zimmer. Vom Fenster ging der Blick in einen schattigen Innenhof mit einem ausladenden Baum und vielen bunten Blumentöpfen an den weißen Wänden. Durch das halb geöffnete Fenster hörte Roth Vogelstimmen.

Die Tasche ließ er in seinem Zimmer, das klein, aber gemütlich war, für eine Nacht völlig ausreichend. Sie verließen das Hotel, fuhren über den Fluss. Nach breiten Straßen folgten schmalere und schließlich kamen sie zu einem Platz, von dem Toni in einen weiten, von einer hohen Mauer umgebenen Hof einbog.

Gleich darauf, im Hof neben dem Wagen stehend, machte der Inspector eine weite Armbewegung, stellte Roth damit die Dienststelle der Comisaria General de Policía Judical wie einen guten Freund vor. Auf drei Seiten des Hofes erhoben sich Gebäude aus den Anfangsjahren des letzten Jahrhunderts, deren Höhe dem Hof viel Licht nahm, ihm aber auch angenehmen Schatten spendete.

Sie betraten das Gebäude gegenüber der Einfahrt, stiegen nach einem hohen Entree eine breite Steintreppe empor. Oben führte der Inspector nach rechts auf eine Galerie mit einer Reihe von Türen, vor einer blieb Díaz López kurz stehen. Sie kamen in ein großes Vorzimmer. Bei ihrem Eintritt hoben eine Frau und ein uniformierter Mann hinter ihren Schreibtischen die Köpfe. Der

Inspector sprach mit beiden, dann gab er Roth ein Zeichen, ihm zu folgen, ging zur seitlichen Tür, klopfte und trat ein. Ein Mann mit einem mächtigen kahlen Schädel, der hinter einem mit Akten bedeckten Schreibtisch saß, schaute ihnen entgegen, erhob sich, kam um den Tisch herum.

»Comisario Àlvarez Martínez«, stellte Díaz López vor. »Hauptkommissar Roth aus München.«

Die Männer reichten sich die Hände und der Comisario lud sie ein, in der Sitzecke gegenüber Platz zu nehmen. Das Gespräch dauerte nur wenige Minuten, eine reine Höflichkeitsgeste, und wurde in Englisch geführt. Der Comisario begleitete sie anschließend bis zur Tür, reichte Roth die Hand.

Nur zwei Türen weiter hatte Toni sein Büro. Das Vorzimmer war kleiner, an dem einen Schreibtisch saß eine Frau, die ihnen entgegenlächelte. Sie sagte einige Sätze zu Díaz López, dann gingen der Inspector und Roth in das Büro nebenan. Roth durfte in der Sitzecke Platz nehmen, während Toni die Kaffeemaschine in Gang setzte. Nach kurzer Zeit kam er mit zwei winzigen Tassen, stellte eine vor Roth auf den Tisch, behielt eine in der Hand. Der schwarzbraune Kaffee war nicht nur sehr stark, konnte sicher Tote zum Leben erwecken, sondern so heiß, das nur mit Vorsicht an ihm zu nippen war.

Von seinem Schreibtisch holte der Inspector eine Akte, setzte sich neben Roth, schlug den Deckel auf. Die wichtigsten Daten übersetzte er ins Deutsche, erläuterte die Fotos vom Tatort. Bei einem Glas kühlen Wassers sprachen sie über den Fall, der für Toni nach Roths Bericht über seine Ermittlungen ein ganz anderes Gesicht erhielt.

Roth gab ihm zu Protokoll, offiziell, dass Olivia von Werner Lenz als Führerin für Heimo Drache gebucht worden war. Nach Lenz' Aussage hatte die Studentin Drache durch die Mezquita und die Altstadt geführt. Dass sie auch zusammen den Alcázar de los Reyes Cristianos besucht hatten, hatte Lenz nicht bestätigen können, weil er es nicht wusste. Was dafür sprach, ein starkes Indiz, war der Genickbruch, an dem Olivia gestorben war.

Die Aussage würde Roth noch mit Unterlagen belegen, die er dem Kollegen auf dem Dienstweg würde zukommen lassen.

Díaz López hatte den Ausführungen Roths aufmerksam zugehört, sich Notizen gemacht und hier und da eine gezielte Frage gestellt. Sein Gesicht leuchtete immer mehr auf. Für Roth sah es aus, als hätte er dem Inspector ein ersehntes Geschenk gemacht.

Auf der Fahrt von Sevilla hatten sie bereits vereinbart, dass Toni ihn im Anschluss an den dienstlichen Teil zum Alcázar führen würde. Mit seinem Ausweis in der erhobenen Hand ging er mit Roth an der langen Besucherreihe vor der Kasse vorbei. Gleich darauf schlenderten sie über die Wege des romantischen, überall blühenden Parks, kamen an Wasserbecken und Springbrunnen vorüber.

In einer ruhigen Ecke, eingerahmt von üppigem Grün, blieb Toni stehen und zeigte auf eine Steinbank im Schatten. »Hier wurde Olivia gefunden«, sagte er.

Roth stand wie erstarrt da, sein Gesicht der grauen Steinbank zugewandt, versuchte, sich die Szene mit Olivia und Drache vorzustellen, sie zu sehen, vielleicht zu erahnen, warum Olivia hatte sterben müssen.

Auf einmal kam wieder Leben in Roth. Er ging zur Bank und setzte sich. Gerade fiel ein Sonnenstrahl durch das Grün, tauchte alles um ihn herum in ein goldenes Licht. Ein zauberhafter Augenblick. Dann sah er den Strauch voller Schmetterlinge. Er fühlte sich wie in eine andere Welt eingesponnen, alles war für Sekunden unwirklich.

Sogar die Sonne wird endlich sein, dachte Roth, bevor er in die Wirklichkeit zurückkehrte, zu Toni aufsah, der immer noch vor der Bank ausharrte.

Sie verließen den Alcázar.

An der Seite des Kollegen lernte Roth die Altstadt kennen.

Schon nach kurzer Zeit hätte er nicht mehr sagen können, in welcher Richtung die Mezquita oder der Fluss liegen mochte. Die vielen Gässchen, dieses malerische Gewirr, verwirrte ihn total. Der Spaziergang durch die märchenhafte bunte Vielfalt würde ihm in fabelhaft poetischer Erinnerung bleiben.

Toni führte Roth in ein kleines, in einem Innenhof liegendes Lokal. Die beiden Männer aßen andalusische Gerichte, ein wahres Geschenk für die Augen und danach auch für Zunge und Gaumen. Hier war es, dass ihre Unterhaltung auf die kulturelle Schiene einbog. Sie sprachen über andalusische, später spanische Literatur, Malerei, Musik und Theater. Beim Theater konnte Roth nur zuhören. Über Musik hatte er sich noch am Abend vor der Blitzreise im Internet einen Überblick verschafft. Nicht weil er dieses Gespräch erahnt hatte, nur aus reinem Interesse.

Sie waren so in die Unterhaltung vertieft, regelrecht von ihr eingefangen, dass Toni später mit Roth bis zu dessen Hotel mitging. Zusammen spazierten sie, hatten immer noch kein Ende gefunden, noch einmal über die Puente Romano und wieder zurück. Erst dann, sie standen neben dem Torre de la Calahorra, sahen sich lachend an, vertagten sie sich auf den nächsten Tag, reichten sich die Hände und gingen getrennt durch die blaue Nacht davon.

Es war beinahe Mitternacht, als Roths müder Kopf mit einem Lächeln auf dem Gesicht in das Kissen sank. Mit Gedanken an Lis – am Wochenende würde er mit ihr wieder einmal auf dem Olympiaturm zum Essen gehen – schlief er ein.

Wie vereinbart trafen die Männer sich auf der Römischen Brücke, auf der Seite zur Altstadt hin. Von dort gingen sie zur Mezquita. Toni zeigte Roth mit viel Empathie und Wissen zunächst die Moschee, die einmal 10.000 Gläubigen Raum zum Beten geboten hatte. Er hatte viel zu erzählen, wies auf besondere Einzelheiten hin wie die unterschiedlichen Formen der Säulen, die Roth alleine nie erkannt hätte, denn für Einzelheiten blieb bei den Wundern um ihn herum kein Auge frei. Und dann noch die Besonderheiten der in die Mitte der Moschee gebauten Kathedrale. Roths Speicher für die verschiedenen Schönheiten war bis zum Rand gefüllt.

Danach gingen sie zur Policía National, damit Roth sich vom Comisario verabschieden konnte.

Anschließend aßen sie in einem Restaurant nahe der Mezquita sehr gut zu Mittag. In einer Ecke des Raumes stand ein Klavier, dem Roth nicht widerstehen konnte. Er ließ über den Kollegen die Erlaubnis einholen und spielte Mozart und Schumann, hatte die Gäste und das Personal als Zuhörer. Toni lauschte mit strahlendem Gesicht.

»Ich bin nicht mehr so gut in Form«, wehrte Roth bescheiden das Lob des Kollegen ab und nahm sich vor, demnächst wieder einmal bei seinen Eltern zu spielen. Vielleicht auch vierhändig mit seiner Mutter. Wie früher.

Dann brachen sie auf nach Sevilla.

Unterwegs setzen sie die Unterhaltung aus der letzten Nacht fort. Die Zeit flog ebenso wie die Landschaft vorüber.

»Adios amigo«, sagte Toni.

»Mein Freund, danke für die schöne Zeit in Córdoba«, sagte Roth.

11

Der verborgene Gast – Clara

An einem sonnigen Morgen, ich habe bereits gefrühstückt, stehe ich vor dem Spiegel im Badezimmer, sehe das fremde Gesicht vor mir und gebe mir in diesem Moment den Befehl, es endlich zu wagen, mein freiwilliges Exil, wenn auch nur kurz, zu verlassen.

Pia nennt mich längst einen Stubenhocker. Auch wenn mein Arbeitsplatz der Schreibtisch sei, müsse mich das nicht an das Haus fesseln. Raus mit dir, fauler Kerl, ruft sie immer häufiger und lacht dabei. Ich weiß, sie meint es gut, aber auch zu einem guten Teil ernst.

Allerdings, so sage ich mir, dürfte es tatsächlich kein Wagnis sein, einen Spaziergang zu machen. Mit meinem blonden Vollbart und der Korkkappe auf meinen bis zum Kragen fallenden Haaren wird mich sicher niemand erkennen.

Pia, auch Helene, sie amüsieren sich über meinen Bart, über mein ungewohnt wildes Aussehen. Pia scherzt, ihr komme es vor, als küsse sie einen fremden Mann, ein sie erregender Gedanke.

Ihre insistierenden Worte verfehlen nicht ihre Wirkung, gehen mir immer wieder durch den Kopf. Mal stimme ich ihr zu, mal suche ich Argumente dagegen. Mal so, mal anders. Aber sie bereiten meinen Entschluss vor.

An diesem Vormittag lese ich die Zeitung länger als sonst, dehne mir die Zeit. Stunden später, an meinem Schreibtisch sitzend, hebe ich den Kopf, als ich das Zwölf-Uhr-Läuten von der nahen Kirche durch das offene Fenster höre, gebe ich mir endlich den entscheidenden Ruck, stehe auf, schiebe den Stuhl zurück, verlasse mein Studio. Unten nehme ich die leichte Stoffjacke vom Haken, setze mir die Kappe auf und verlasse das Haus. Zum ersten Mal seit …? Egal. Jetzt nicht nachdenken. Es muss schnell gehen, damit ich keinen Rückzieher mache.

Ich öffne das Tor, schließe es hinter mir, bleibe stehen, schaue nach beiden Seiten. Irgendwie habe ich Misstrauen in mir. Die Straße ist leer, kein Auto unterwegs, kein Mensch zu sehen. Unter den Bäumen gehe ich nach links, nach Norden, zur Brücke über den Bach, spaziere am Moorbadpark entlang, stehe gleich darauf vor der Kirche. Die Tür ist unverschlossen und ich gehe hinein, setze mich in eine Bank im runden Inneren, sitze in einer Ruhe, einer himmlischen Ruhe. Nicht die gewohnte dröhnende Ruhe, eine stille Ruhe.

Nach diesem ersten Besuch kehre ich noch einige Male in diese beruhigende Stille des Gotteshauses zurück.

Hier, mit Blick zum Altar und dem hohen Fenster seitlich davon, erinnere ich mich an einen ehemaligen Klassenkameraden. Ich kam einmal zufällig in den Ort, in dem er Pfarrer war. Das Pfarrhaus zu finden, er hatte sich zum Erstaunen aller entschlossen, Theologie zu studieren und Pfarrer zu werden, war nicht weiter schwierig. Ich hatte mir gedacht, mit ihm über die Zeit zu reden, die vergangene, die heutige, die zukünftige. Und was die Menschen mit ihr anstellten, sie nicht ernst nahmen, fast machte es den Eindruck, sie hätten Freude daran, in die Dekadenz abzugleiten. Was hatte ein Pfarrer dazu zu sagen? Als er in der Tür erschien, erkannte ich ihn über die weite Brücke der langen Jahre sofort; er mich auch, was mich sehr überraschte. Noch immer war er der überschlanke lange Lulatsch. Ohne einen Hauch von Lächeln schaute er mich an. Er habe keine Zeit für nicht angesagten Besuch, zudem sei heute sein freier Tag. Er spinne total, sagte ich zu ihm, drehte mich um und ging.

Noch fühle ich das Lächeln der Erinnerung auf meinem Gesicht abklingen, bin etwas erstaunt, dass ich in den letzten Tagen immer wieder an ehemalige Kameraden gedacht habe. Sogar an meine Eltern verlor ich einige Gedanken, wenn auch keine guten. Meine Eltern sind für mich über ihren Tod hinaus eigentlich nicht mehr da, wie auch ich nie für sie da war. Kaum habe ich diese eigenartige Volte in meinem Kopf erfasst, beginnt die Orgel zu spielen. Ich schrecke zusammen, springe ertappt auf und verlasse die Kirche, jäh vertrieben aus diesem Paradies der Stille.

Ich kehre auf direktem Weg in Pias Haus zurück, rolle mich in der Hängematte zusammen, brauche lange, bis ich mich wieder einfange.

Nach diesem ersten Ausflug, trotz des Erschreckens sicherer geworden, bin ich immer wieder unterwegs, wage mich sogar in Läden. So bringe ich ein Netz Orangen mit, presse frischen Saft. In einem Bäckerladen steht auf dem Weg zur Theke ein Stuhl mitten im Weg, warnt und schützt vor aufgequollenen Holzbohlen. An einem Freitagvormittag bummle ich über den Unteren Markt, doch ohne etwas zu kaufen. Obwohl ich jederzeit damit rechne, ein bekanntes Gesicht zu sehen, das ich von früheren Besuchen kenne, passiert es nicht. Ich dehne meinen Radius aus, spaziere am Fluss entlang, beinahe sind es schon kleine Wanderungen, freue mich an der Natur, lasse meine Fantasie spielen, stelle erfreut fest, dass diese Ausflüge meiner Kreativität einen Schub verleihen.

Auf einer Halbinsel im Fluss sehe ich eine Gruppe schöner Bäume, deren Namen ich nicht kenne. Ich mache Fotos und komme mit einem anderen Fotografen ins Gespräch, der die Tiere der Flusslandschaft zu seinen bevorzugten Motiven erkoren hat. Er zeigt mir Aufnahmen von einer Rohrdommel, die er an diesem Vormittag gemacht hat, auf die er wirklich stolz sein kann.

Als ich von meiner Expedition in die reale Welt zurückkomme, am Schreibtisch in meinem Studio sitze, fahre ich meinen Laptop hoch, rufe mögliche Mails ab. In letzter Zeit erhalte ich nicht gerade viel elektronische Post. Meine patente Lektorin Clara hat geschrieben. Da bin ich ehrlich gespannt, was sie mir mitteilen will. Was ich dann lese, erschreckt mich nicht, wundert mich nicht einmal, habe ich doch irgendwann damit gerechnet.

Ein Polizist, ein netter, verbindlicher Mann, habe sie angerufen. Hätte sie ein schlechtes Gewissen, irgendetwas auf dem Kerbholz, würde sie sich vor ihm sehr in Acht nehmen. Er spreche mit leiser Stimme harmlos klingende Fragen aus. Wie nebenbei habe er sich nach Herrn Drache erkundigt. Ob sie ihm sagen könne, wo er sich aufhalte? In Polling, habe sie gesagt. Das nehme sie jedenfalls an. Was habe sie denn sonst sagen sollen? Sie wisse es doch nicht. Der Anrufer habe sich als Literaturdozent vorgestellt. Aber wie schon erwähnt, er sei ganz sicher ein Polizist, das erspüre sie sogar durch das Telefon.

So ging der Text noch einige Zeilen weiter. Clara schreibt so ausführlich, wie sie spricht. Kurzfassungen gibt es bei ihr nicht. Wie oft habe ich ihren Monologen zugehört und sie dabei beobachtet. Ihr rundes Gesicht ist sehr lebhaft, wenn sie spricht. Sie hat leichte Pausbacken, die mich an Barockengel erinnern, schmale Lippen, die bei Gelegenheit streng zu Strichen werden können. Clara ist kräftig, hat aber schlanke lange Beine. In ihre kurzen aschblonden Haare sind dunklere Strähnen eingefärbt.

Unser letztes Zusammentreffen war in München. Wir unterhielten uns bei einem Spaziergang an der Isar über mein aktuelles Manuskript, das sie in den Händen hatte. Clara hält nicht mit ihrer Meinung zurück, ist aber nie verletzend, immer fair. Wir verstehen uns, kommen zusammen über jede Klippe hinweg. Seit Jahren, es werden mehr als zehn sein, folgen wir gleichen Wegen und nicht gerade ohne Erfolg.

Ich sehe sie vor mir, lehne mich im Stuhl zurück, sehe zum Fenster hinaus. Lächle, als ich an ihren bunten Schal denke, der bei ihr zur Grundausstattung gehört. Das Kostüm hat eine der Farben, die ihr stehen, wie Türkis, und betont ihre Figur mit der Büste eines Filmstars. Setzten wir uns schließlich in ein Café oder auf eine Restaurant-Terrasse? Ich traue meiner Erinnerung nicht.

Mir fällt ein anderer Ausflug mit Clara vor einigen Jahren ein. Ich verbringe gerade ein paar Liebestage bei Pia. Inzwischen ist Pia wieder voll im Geschirr. Ich schreibe im Studio an einer Skizze. Nach dem kommenden Wochenende werde ich nach Polling zurückkehren. Und in vierzehn Tagen nach Zürich fahren. Tina, meine Schweizer Agentin, hat mich eingeladen. Sie wolle mit mir ein interessantes Filmprojekt besprechen.

Da ruft mich Clara an. Spontan lade ich sie zu einer Fahrradtour am Samstag ein. Sie sagt sofort zu.

Sie kommt mit dem Auto, hat ihr Fahrrad im Kofferraum. Nach einem Glas kühlem Obstsaft starten wir.

Wir fahren die schattige Strecke durch den Wald auf die olympische Ruderregatta zu, ohne Eile. Fast schon am Ziel, bleiben wir vor der Bundesstraße stehen. Auto an Auto, lange Wohnwagen, beinahe Bungalows auf Rädern, hinter Limousinen, viele von ihnen haben die gleiche Länderkennzeichnung auf dem Nummernschild. Aus dem Moos kommen zwei Krankenwagen, die auf die Bundesstraße biegen. In leuchtendem Gelb wie auf einem Bild von van Gogh zieht sich gegenüber ein weites Rapsfeld bis hin zu einem Birkenwald.

Erinnerung: Gleich rechts unter den hohen Bäumen hatten Pia und ich unser Auto abgestellt, als wir zum Flugtag hinter dem Schloss wollten. Hinter dem Zaun und den Bäumen, neben dem Parkplatz, lag auch Peter, ein alter Bekannter, der Länge nach auf dem Kies, ein halbes Dutzend Kinder über ihm. Vorher hatten wir im Wasser der Regattastrecke ein Schiffsmodell getestet. Das war am Geburtstag eines Freundes von Pia, der inzwischen schon lange Jahre nicht mehr unter den Lebenden weilt.

Das Schild zeigt zum Badesee. Auf dem Sträßchen rollen wir abwärts. Ein scharfer Knick, ein steiniger Weg, der uns unter der Brücke hindurch und neben dem Kanal entlangführt. Wir radeln im Schatten des Waldes. Der Weg wird breiter. Eine Wegekreuzung. Sollen wir abbiegen? Führte der Weg zum See, gäbe es bestimmt einen Hinweis. Also fahren wir erst weiter geradeaus. Im Schatten stehen Wasserlachen vom letzten Regen vor drei Tagen. Felder, farbige Rechtecke. Ein breiter Fahrweg. Links von uns die Autobahn. Rechts schlanke Bäume in langer Reihe. Der Weg steigt leicht an. Eine Brücke führt uns über den Bach. Von dort aus sehen wir den See. Über grobkörnigen Kies rollen wir zum Ufer. Bis zu der Buschgruppe links im Hintergrund liegen etliche nackte Sonnenanbeter. Wir fahren weiter am See entlang bis zum Haus der Wasserwacht. Zahlreiche Badegäste liegen zwischen den mächtigen Büschen auf dem Rasen am klaren Wasser.

Über eine Treppe tragen wir die Räder hinauf. Oben angekommen, liegt die olympische Regattastrecke zu unseren Füßen. Nur wenige Meter entfernt die mächtige Tribüne. Das Wasser im künstlichen Kanal leuchtet stahlblau, tintenblau, türkis, hellgrün in der grellen Sonne. Ein schönes, ein friedliches Bild. Wir lassen uns den steilen asphaltierten Weg zum Uferweg hinunterrollen. Die Tribüne im Rücken fahren wir gemächlich weiter. Mal hier, mal dort sitzen Menschen am Ufer. Im Kanal schwimmt niemand. Ich schaue zurück. Weiter unten sind Ruderer zu sehen, winzig. Ein leichter Wind streicht uns entgegen. Am Hang schneidet ein Bauer mit seinem Traktor das Gras. Ganz in der Nähe wird das Gras bereits gewendet. Am Himmel kreisen Segelflugzeuge. Wir halten an, schauen den Kanal hinunter. Es ist eine beeindruckende Anlage, die sowohl dem Breiten- wie dem Spitzensport und der Erholung dient. Wir fahren in Richtung Ende der Regattastrecke. Weit unten sind zwei weitere Traktoren am Wiesenhang bei der Arbeit. Spaziergänger mit Hund kommen uns entgegen. Ein großgewachsenes Mädchen läuft auf schmalen doppelfußlangen Rollen auf dem kerzengeraden Asphalt, einen Arm auf dem Rücken, den anderen rhythmisch schwingend: Training eines Eisläufers im Sommer. In der Kanalmitte schneidet ein Vierer ohne Steuermann lautlos und elegant durch das Wasser. Auf dem Weg drüben fährt der Trainer auf dem Fahrrad mit, eine Flüstertüte in der Hand. Immer wieder ruft er den Sportlern Anweisungen zu. Wir verstehen ihn nur schlecht. Auf der Bank unten am Wasser sitzt ein junges Mädchen. Sie hält ihr Gesicht der Sonne entgegen, die Augen durch eine dunkle Brille geschützt.

Nach einer kurzen Strecke steht erneut eine Bank. Wir schieben unsere Räder den leicht abfallenden Hang hinunter und lehnen sie gegen die eisernen Bankstützen. Wir setzen uns. Ich ziehe Socken und Sandalen aus. Vorsichtig halte ich die Fußspitzen in das kalte Wasser.

Clara fragt, ob sie sich im Höschen ins Gras legen könne? Natürlich. Ein Bikinihöschen schaue auch nicht anders aus, oder?

Sie lacht.

Um Clara nicht zu zeigen, wie irritiert ich bin, da sie sich bisher eher prüde gab, stehe ich auf, klemme unsere T-Shirts auf die Gepäckträger. Als ich wieder sitze, liegt Clara neben der Bank auf dem Rücken.

Ich betrachte sie. Ohne es wirklich zu wollen, sage ich: »Du bist sehr schön, Clara.«

Sie lacht mit geschlossenen Augen. Ich lasse die meinen nicht von ihr. Natürlich denke ich sofort an Pia. Was würde sie zu dieser Szene sagen, die für mich aufreizend intim ist? Clara hält die Augen geschlossen, aber ich meine zu sehen, dass ihr das nicht leichtfällt. Sie spielt ein spöttisches Spiel mit mir. Das macht sie zum ersten Mal. Hat sie meine Einladung falsch verstanden? Ich stelle mir vor, wie ich Clara über das Haar streiche. Was würde sie dann machen? Immer noch die Augen geschlossen halten?

Ich wende den Blick von ihr, schaue hinüber zur anderen Kanalseite. Noch immer sind die Traktoren an der Arbeit. Die Motorengeräusche dringen nur schwach zu uns herüber.

Ich stehe auf, mache den Schritt zum Wasser, tauche bedächtig die rechte Fußspitze ins Wasser. Langsam steigt die Kälte das Bein hoch. Ich ziehe die Oberschenkel an die Brust, schlinge die

Arme um die Knie. Dabei denke ich an den Badesee, drüben hinter der Tribüne.

Ich versuche nicht, den Kopf zu wenden und Clara anzusehen. Nach einer kleinen Weile mache ich es doch.

Es sei angenehm, ein leichter warmer Wind, sage ich leise.

Da kommen die Ruderer wieder. Der Trainer schreit heisere Worte in die Flüstertüte.

Claras Augen bleiben geschlossen. Dafür schaut mich Pia an. Ich denke an den Mann, den sie damals geheiratet hat, aus heiterem Himmel. Nichts hat sie mir gesagt. Den Mann, den sie nicht brauchte, denn sie hat ja mich, habe ich nicht kennengelernt. Die Ehe war ein Desaster und schnell zu Ende, nur eine blöde Episode. Pia kann nicht ohne mich, wie ich nicht ohne sie kann. Heute sehe ich es so, dass es ihr Versuch war, diese Tatsache nicht zu überprüfen, sie zu bestätigen.

Auf der Uferstraße läuft ein junger Mann auf Rollerblades. Im ruhigen Takt schwenkt er die Arme. Sein Tempo ist enorm. Es schaut leicht aus, wie er so dahingleitet.

Am wolkenlos blassblauen Himmel ziehen die Segelflieger noch immer ihre schwerelosen Schleifen. Als ich das laut sage, hebt Clara den Kopf, blinzelt, hält die Hand schützend vor die Augen. Dann legt sie sich wieder zurück, zeigt der Sonne ihr Gesicht.

Einige Momente später beginne ich, die Melodie von Verdis Gefangenenchor zu summen. Warum? Ich weiß es nicht. Meine Gedanken wandern, hüpfen von Punkt zu Punkt.

»Was denkst du?«, fragt Clara.

Ich setze mich neben sie ins Gras. Fühlt sie meine aufsteigende Nervosität? Dieses brodelnde Verlassen der Vernunft? Vielleicht.

Die Ruderer kommen vom Start zurück. Hatten sie dort eine längere Besprechung mit dem Trainer? Das schmale Boot gleitet durch das Wasser. Kleine Wellen kräuseln bis zu uns heran. Ich sehe ihnen nach. Wie weit das Ziel entfernt ist ... Wie oft müssen die vier Jungs an diesem Nachmittag noch diese Strecke rudern?

Clara will wieder wissen, was ich denke.

»Ich beobachte die Ruderer«, sage ich.

Das Mädchen in unserer Nähe hat ein Buch aus ihrer Tasche gezogen. Sie blättert lustlos herum. Gleich darauf steckt sie es zurück in die Tasche. Sie zieht ein T-Shirt über, schlüpft in ihre Latschen. Die Tasche klemmt sie auf den Gepäckträger, schiebt das Rad nach oben und fährt davon.

Das Mädchen dort drüben habe wohl vor zu lernen, habe sich dann zu sehr von der friedlichen Stimmung einfangen lassen, sage ich zu Clara.

Auch sie könne hier stundenlang liegen blieben, sagt sie.

Meine Hand streicht durch ihr Haar, ganz sanft. Es ist Pias Haar.

Ob ich mich mit ihr dort drüben am See nackt hinlegen würde? Clara hebt die Hand und legt sie auf meinen Oberschenkel.

Ich fühle das Dunkel in mir aufsteigen. Die Welt dreht sich nicht mehr. Ich schwebe im leeren Raum. Ich weiß, was mit mir los ist. Kann es nicht ändern.

In diesem Moment beginnt Clara, Verse von Ringelnatz zu sprechen. Die Worte dringen bis zu mir. Alles steht still.

Ich glaube nicht, dass Clara bemerkt hat, was das für ein Augenblick war. Sie hätte auch länger im Gras liegen bleiben können. Für immer. Sozusagen. Ringelnatz hat sie gerettet.

Obwohl mich die Nachricht von diesem Polizisten, der sich nach mir erkundigt hat, nicht aufregt, will ich dennoch darüber nachdenken. Noch bevor ich mich in die Hängematte legen kann oder nach unten gehen, um mit einem Whisky in der Hand zu grübeln, fällt mir das »Mark Twain« ein. Dort werde ich ein Glas Weißwein trinken und in der entspannten Atmosphäre versuchen, meine Schlüsse zu ziehen.

Helene hat mich auf das »Mark Twain« aufmerksam gemacht. Sie hilft in dem Café, das sein Besitzer Kontor nennt, an den Wochenenden aus. Tatsächlich hat es mir im Kontor vom ersten Besuch an gefallen. Der Gast kann sich dort völlig zwanglos bewegen. Mich hat es gleich in die Buchabteilung gezogen, wo ich einige meiner Werke entdeckt habe. Nach den Büchern sah ich mir die Musikecke an, bin an den Weinregalen und den Gemälden an den Wänden betrachtend entlang, bevor ich mich an einen der Tische setzte.

Philipp, der Wirt, ist ein netter Kerl. Mir wurde bei einem meiner Besuche geflüstert, er schreibe an einem Roman, seit Jahren schon.

Früher war Philipp Koch in der Kantine der Papierfabrik, bis sie stillgelegt wurde. Das weiß ich von einem anderen Informanten. Philipps Konzept seines Kontors hat sich bald als Erfolg erwiesen. Das »Mark Twain« wurde zu einem kulturellen Treffpunkt der Stadt.

Hier habe ich mir fast schon zur Gewohnheit gemacht, ein Glas Wein zu trinken, dem Klavierspieler zuzuhören, dessen Hund neben seinem Stuhl ruhig bleibt. Hier lauschte ich einmal vom Nebentisch dem berühmten Maler Dorn, der mit einem Mäzen, einem Dr. Leo Petermann, über seine Malerei sprach. Ob dieser gepflegte weißhaarige älterer Herr der Mitbegründer und ehemalige Vorstandschef von *Pythagoras* war? Ich gehe davon aus, denn der Name ist nicht gerade häufig. Aber eigentlich ist es mir ziemlich egal.

Im »Mark Twain« machte ich die Bekanntschaft mit Sixtus Adlmeier, einem etwas skurrilen Mann, der mich mit seinen großen blauen Augen anschaute, als verstände er kein Wort von dem, was ich sagte, und dabei waren seine dicken Lippen leicht geöffnet.

Von Philipp weiß ich, dass Sixtus Fotograf ist, erfolgreich Karikaturen zeichnet, sehr wohlhabend, als Original in der Stadt bekannt wie ein bunter Hund, jedoch keineswegs auf den Kopf gefallen ist. In Gesprächen am Tisch kommt es so selten wie Regen in der Wüste vor, dass Sixtus seinen Senf zu einem Thema gibt. Einmal habe ich ihn in Begleitung einer aparten Frau in den mittleren Jahren getroffen. Sixtus sagte, sie sei eine begabte Malerin.

In der Hängematte laufen die Bilder aus dem »Mark Twain« wie ein unterhaltsamer Film vor mir ab, bis mich aus dem Nichts ein Krampf in die Wade beißt, mich damit erbarmungslos aus meiner Kontemplation holt. Es dauert eine Weile, bis der Schmerz nachlässt. Dann humple ich die Treppe hinunter, mache mir einen Whisky, stehe mit dem Glas in der Hand im Wohnzimmer am hohen Terrassenfenster, höre Musik. Mitten in einem Song wird unterbrochen. Eine Männerstimme. Ein Unfall am AB-Kreuz Nord. Stau. Warnung vor Starkregen. Ich schaue über die Bäume zum Himmel. Er ist wolkenlos blau.

Meine Gedanken wandern wie davon angezogen zu dem alten Koffer, den ich im schrägen Kabuff neben meinem Studio gefunden habe. Er ist prall gefüllt mit Damenkleidung. Die Kleider, Blusen, T-Shirts kenne ich von Pia. Warum sind die Stücke in diesem Koffer versteckt? Weshalb hat sie die abgelegte Kleidung nicht an eine Sammlung gegeben oder sie auf einem anderen Weg entsorgt? Wäre für sie doch eine Kleinigkeit. Ob ich Pia fragen soll? Ich weiß nicht, manchmal ist sie so empfindlich.

Ist das ein Donnergrollen, was ich dumpf von draußen höre? Das Stück Himmel über den Wipfeln ist nicht mehr blau, ist jetzt grau. Es geht sehr schnell. Blitz und Donner lösen sich ab. Wie weit weg ist die Front im Krieg der Luftströmungen?

Es beginnt zu regnen.

Ich sehe Pia nackt im Garten tanzen. Eine schöne Erinnerung. Diese Szene habe ich nie vergessen und werde sie nie vergessen. Pia bewegte sich nach der Musik des Boleros, hingegeben, schamlos. Eben ganz Pia.

12

Der verborgene Gast – Theres

Am Morgen stehe ich vor dem Badezimmerspiegel. Nicht alleine. Neben mir zieht Pia nicht nur geschickt, sondern zudem elegant die Zahnseide durch ihre Zahnzwischenräume. Mich fasziniert es jedes Mal, wie sie das macht, denn ich werde das nie können, stelle mich zu ungeschickt an.

Ich sehe sie im Spiegel an, hebe die Hände, sind sie es doch, die Pias Schönheit immer wieder erforschen. Sie sei mein Schild vor der Welt, sage ich zu ihr. Nimmt sie mich in ihre Arme, bin ich in Sicherheit und meine immerwährende, bohrende Angst verkriecht sich in eine ferne Ecke.

Im Spiegel lächelt sie mich an, lehnt sich zu mir herüber und küsst mich mit gespitzten Lippen auf die Wange. Ich sage ihr, wie sehr ich sie liebte, dass sie meine Madonna sei.

Lachend, in der Früh so unfair gut gelaunt, ergänzt sie meine letzten Worte: »Und deine heilige Hure, mein Lieber, mit der du durch das Land der Lust fliegst.«

Ich will Pia ins Gesicht sehen, finde es nicht, auch nicht im Spiegel. Spielt sie mit mir? Ist ihre Anwesenheit nur eine Lüge? Ich weiß einfach nicht mehr, was hinter jedem Augenblick versteckt ist. Jedenfalls nicht heute, nicht jetzt. Schon beim Frühstück ging es mir nicht gut. Alle meine Knochen taten mir weh, meine Stimmung sank in den düsteren Bereich, ich meinte, vor drohenden Abgründen zu stehen, mir ging es erbärmlich.

Auch die Zeitung nicht, nicht das Radio vermochten meinen Gemütszustand in hellere Gefilde zu locken.

Ich bin im Netz dieser anderen Welt eingesponnen, aus der mich nur die Zeit zurückzuholen vermag. Wie ein gefangenes Tier in seinem Käfig laufe ich auf leisen Sohlen durch das Haus.

Höre meine Schritte in der lauten Stille, steige blicklos an unserer Fotogalerie vorbei, völlig sinnfrei die Treppe hinauf und hinab.

Ganz allmählich fange ich mich, finde mich im Wohnzimmer wieder. Was wollte ich hier? Meine Augen sehen etwas auf dem Tisch vor dem Fenster liegen, ohne gleich zu erfassen, was es ist. Ich gehe näher. Die Neugierde ist stärker als meine Verwirrung. Was mich lockt, ist ein aufgeschlagenes Magazin, auf der rechten Seite das Foto eines Veilchens, zartblau.

Theres.

Die Augen von Theres hatten genau diese Tönung.

Wie ein Zuschauer sehe ich mich selbst aus dem Jetzt in die Vergangenheit treten. Schon wieder. Ich bin in der Steiermark, nahe Graz. Mein Verleger hat dort sein schönes Haus am Hang mit weitem Blick ins Tal der Mur. In der Ruhe dieses Refugiums habe ich die letzte Durchsicht eines Romans termingerecht hinzubekommen. Je nach Wetterlage arbeite ich auf der Terrasse oder am großen Fenster des Wohnraumes. Ich komme gut voran. Muss ich über eine Stelle nachdenken, wandere ich den gewundenen Fußweg hinunter in die Stadt, laufe so lange, bis ich das Problem durchdacht habe.

Auf einem solchen Spazierweg bin ich Theres begegnet, bin ihr quasi in den Weg gelaufen. Eben habe ich zum Uhrturm hochgesehen, da fangen meine Augen eine Frau, eine alte Dame am Arm führend, auf dem Zebrastreifen ein. Sie schaut mich an. Und ich sehe bei ihrem Näherkommen in diese Augen. Sterne. Veilchenblaue Sterne. Solch eine Augenfarbe habe ich bis dahin noch nie gesehen. Schon sind die beiden Frauen vorüber. Und immer noch sehe ich diese Augen vor mir. Habe ich in den Himmel gesehen? Für einen seligen Moment. Spontan mache ich kehrt, folge den Veilchenaugen. Die Frauen trennen sich mit einem Lächeln und gehen in verschiedene Richtungen auseinander. Ich muss der Frau nur ein kurzes Stück die Straße runter folgen. Sie bleibt vor einem Blumenladen stehen, schließt die Ladentür auf und verlässt mein Blickfeld, indem sie den Laden betritt. Also gehe ich näher, heuchle leicht gebückt Interesse für die vor dem Laden ausgestellten Pflanzen und Blumen. Dabei versuche ich, nach drinnen zu spähen, was nicht gelingt, da das Glas des Fensters zu sehr spiegelt. Über mir wird die Markise ausgefahren. Mehr erstaunt als erschrocken blicke ich hoch. Und dann kommen die Veilchenaugen aus dem Laden. Die Blumenfrau kommt wegen mir und ich lasse mir von ihr einen Vortrag über Topfpflanzen halten.

So mache ich die Bekanntschaft mit Theres. Ihr gehört der Blumenladen. Dort verbringe ich manch schöne Stunde. Wir verstehen uns gut und ich gebe mir alle Mühe, im besten Licht zu erscheinen. Natürlich sage ich ihr nicht, dass ich nur eine beschränkte Zeit in Graz sein werde. Theres hat nicht erfahren, wer ich bin. Ich erfinde für sie eine Geschichte, lüge, dass sich die Balken biegen müssten.

Schon am ersten Abend lade ich Theres zum Essen ein. Wir werden noch mehrmals in unterschiedlichen Lokalen, die sie aussuchen wird, am Abend oder an den Wochenenden zusammen essen.

Unser gemeinsamer Ort ist der Blumenladen, und einige Tage später dessen Hinterzimmer, wo Theres Blumen, Gestecke und Kränze bindet. Der Tür gegenüber steht eine bequeme Couch, auf der wir schöne Stunden verbringen, nachdem ich ihr aus einem finanziellen Engpass geholfen habe. Sie dankt mir mit Liebe, und ich sehe ihre blauen Augen in der Lust dunkel werden. Theres hat eine natürliche Schamlosigkeit, wie sie sonst nur unschuldige Kinder haben. Da ähnelt sie Pia. Gefällt mir darum diese Kindfrau immer besser? Sie lässt mir alle Freiheiten, stellt keine Fragen, hat keine Ansprüche, versucht nicht, den Goldfisch an die Angel zu bekommen.

Theres ist für das Dunkel in mir keine Bedrohung.

Für den nächsten Tag ist meine Abreise terminiert. Meine Arbeit habe ich bereits vor mehr als einer Woche abgeschlossen. Nur Theres hat mich in Graz gehalten. Doch nun muss ich weg. Zum letzten Mal gehe ich den Weg hinunter, durch die Stadt und zum Blumenladen. Ich werde es Theres nicht sagen, werde einfach nicht mehr kommen.

Ich öffne die Tür, die Glocke erklingt hell. Wo bleibt Theres, die sonst bei diesem akustischen Zeichen sofort aus dem Hinterzimmer kommt? Spüre ich da schon das Unheil? Auch im Nachhinein vermag ich es nicht zu sagen. Um zu sehen, was los ist, mache ich die wenigen Schritte durch den Laden zum Hinterzimmer.

Theres liegt auf der Couch. Ihre blauen Augen sehen dunkel zu mir hin, ohne das strahlende Leben.

Theres ist tot.

Sie wurde erschlagen. Wer hat das getan? Und warum?

Ich war es jedenfalls nicht. Das ist ganz und gar nicht meine Art. Wie hat Sartre geschrieben? *Die Hölle, das sind die anderen.*

Längst hatte ich Graz verlassen, da las ich im Internet, dass der Täter gefasst worden war. Jeden Tag hatte ich befürchtet, mir eingestehen zu müssen, dass es wieder dunkel um mich geworden war. Zu meiner Erleichterung war das nicht der Fall. Es war ein Lieferant, ein Gärtner, gewesen, den Theres abgewiesen hatte. Diese Ablehnung hatte er nicht ertragen, hatte nicht schwarz, sondern rot gesehen.

Arme Theres.

Noch halb gefangen in meiner Erinnerung trete ich hinaus auf die Terrasse, gehe in den Garten und weiter zwischen den Büschen bis zum Flussufer, starre auf das eilig fließende finster grüne Wasser. Auf einmal erscheint es mir wie ein anziehendes Asyl. Würde ich dem Ruf folgen, wäre ich frei und alles Dunkle läge hinter mir. Ich muss ihn nur wagen, diesen entscheidenden Schritt in die unbedingte Freiheit. Ich bin doch nur ein kleiner, ein winziger Funken in der Zeit, bin nur ganz kurz da, niemand wird bemerken, wenn ich verschwinde. Welche Spuren hinterlasse ich denn? Hätte ich meine Zeit nicht auch unter einer namenlosen Brücke verbringen können statt am Schreibtisch? Warum überhaupt soll ich mir darüber Gedanken machen? Mache ich diesen Schritt ins Nichts, geht der Übergang schnell oder wird es endlos lange dauern? Die Antwort wird bis zum finalen Augenblick ein Geheimnis bleiben. Ich weine zwischen den Büschen am Ufer, wie so oft am Abend, wenn ich mit nassen Augen in den süßen Schlaf sinke.

Mit tränenverschleiertem Blick sehe ich hinüber zum anderen Ufer, wo ein Angler an der steilen Böschung steht. Er sieht mich nicht.

Ich wende mich um. Da steht – und ich erschrecke nicht einmal – der Mann mit dem blauen Sonnenhut im Schatten der Bäume. Er wird, so denke ich im ersten Moment, vom Uferweg durch das kleine Waldstück gekommen sein. Wie oft habe ich Pia gesagt, sie solle einen Zaun an der Grundstücksgrenze ziehen lassen.

Was will der Fremde hier? Gestern oder ... egal, jedenfalls habe ich ihn kurz am Tor gesehen. Pia kam und wechselte einige Worte mit ihm. Demnach, so folgere ich, ist er nicht zufällig hier.

Als ich nicht reagiere, hebt er die Hand zum Gruß. Nachdem ich mich immer noch nicht rühre, macht er zwei Schritte aus dem Schatten heraus, lächelt offensiv, entschuldigend und angriffslustig zugleich. Gibt er mir damit das Signal, dass er sich nicht einfach so wird vertreiben lassen?

13

Roth ermittelt – Tod in den Bergen

Nach seinem Müsli und zwei Tassen starkem Kaffee zum Frühstück setzte sich Roth in seinen Dienstwagen, den er am Abend zuvor auf dem Parkstreifen vor dem Haus abgestellt hatte, und fuhr zur A95. Bis Starnberg blieb er auf der Autobahn und folgte dann der B2 in den Pfaffenwinkel. Sein Ziel war Polling, wo er sich Draches Wohnung in aller Ruhe ansehen wollte. Dieses Mal hatte er einen Durchsuchungsbeschluss dabei.

Die Zeit nach seiner Rückkehr aus Andalusien hatte er zumeist am Schreibtisch verbracht. Allein die Sammlung der Computerausdrucke von zwei Tagen fesselte ihn länger an den Stuhl. Sorgfältig ging er jede Zeile durch, hinterfragte jede Aussage, verglich jeden neuen Hinweis mit dem bisherigen Material, streng darauf bedacht, nur den Fingerzeig ernst zu nehmen, der zu seinem Schema passte.

Gleich am Montag hatte Roth die Unterlagen an Kimmel zur Prüfung und Genehmigung gegeben, die er nach Córdoba an Toni Diaz weiterleiten wollte. Als Kimmel sie durchgesehen und sie ein Gespräch darüber geführt hatten, übernahm es Kimmel, diese spezielle Zusammenstellung auf den Weg zu bringen. Zwei Tage später bekam Roth einen Anruf vom Inspektor, der sich bedankte.

Noch im angenehmen Gefühl des Gespräches raffte Roth sich zu einer Arbeit auf, die er für äußerst wichtig hielt, aber so gar nicht liebte: Den vorläufigen Bericht des Falles Heimo Drache zu verfassen.

Dabei hatte er die notwendige Vorarbeit dazu bereits mit Leichtigkeit erledigt. Er hatte zwei Tage intensiv gegrübelt, hatte alle Erkenntnisse, Fakten, Indizien und alle möglichen weiteren

Spuren auf die ganz feine Waage gelegt. Als er damit zum Ende kam, einen virtuellen Strich wie unter eine mathematische Berechnung zog, kam als Ergebnis ein Name ohne Wenn und Aber heraus: Heimo Drache. Roth fühlte keine Zweifel, er lag unbedingt richtig, es konnte einfach kein anderes Ergebnis herauskommen, der Lösungsweg war konsequent und glasklar, die Mathematik eines Fahnders.

So schrieb sich der Bericht seiner Ermittlung fast von selbst, hatte er doch die Formulierung schon im Kopf parat.

Roth schickte ihn per Mail an Kimmel, machte im Begleittext deutlich, dass es sich nur um einen Zwischenbericht handelte. Keine Stunde später hatte er ihn abgezeichnet zurück. Roth wandelte die vier Seiten in ein PDF um und schickte das Dokument mit einigen persönlichen Zeilen an Toni nach Córdoba. Nach GAP und Prien würde er erst den Abschlussbericht weiterleiten.

Dann nahm er in Angriff, was er schon hätte machen sollen, aber stattdessen einen weiten Bogen darum geschlagen hatte. Denn dieser Punkt besaß das Potenzial, seinem gebauten Turm zumindest einen Sprung zu versetzen. Wohl konnte dieser Fakt seine Ergebnisse nicht wirklich auf den Kopf stellen, aber er vermochte einen kräftigen Schatten darauf zu werfen.

Aber es wäre ebenso möglich, dass er endgültig den Deckel auf den Topf zu stülpen vermochte.

Roth griff zum Telefon, wählte die Nummer von Pauli Wachter. Der Gärtner war in seinem Baumkindergarten und bester Laune.

»Entschuldige, Pauli, ich mache es kurz«, begann Roth nach seinem Gruß. Er wolle wissen, erklärte er, ob damals in ihrem Sportverein ausschließlich Judo betrieben worden sei? Nein, gab Wachter sofort Antwort, sie hätten die Wahl zwischen mehreren asiatischen Kampfsportarten gehabt. Da könne er völlig sicher sein, nur welche das im Einzelnen gewesen seien, da wolle er sich nicht festlegen, wisse es einfach nicht mehr. Er könne Roth die

Nummer seines Trainers von damals geben, wenn er Näheres darüber wissen wolle. Wachter habe mit dem alten Mann, der in Weilheim wohne, immer mal wieder Kontakt. Sein Name sei Vitus Weiß.

Roth bekam die Nummer.

Schon am nächsten Tag traf er sich mit dem ehemaligen Trainer im Sportheim des Vereins am Rande von Weilheim.

Der alte Mann zeigte sich ziemlich agil, war schlank mit einem Kugelbauch, was ihm zu einer kuriosen Figur verhalf. Vitus Weiß hatte muntere, kluge Augen, einen hintergründigen Humor, der ihr Gespräch, das sie unter einem Sonnenschirm auf der Terrasse führten, leichter machte.

Weiß erinnerte sich gut an Drache, den er den »kleinen Heimo« nannte. Der alte Trainer drückte sich vorsichtig aus, so als würde er jedes Wort abschmecken, bevor es über die Lippen durfte. Roth fühlte die Empfindlichkeit des Mannes, ging darum seine Fragen nicht direkt an, sondern näherte sich auf Umwegen, wählte die Taktik des verbalen Anschleichens. Und dieses Vorgehen war richtig, weil erfolgreich. Mit leisen, sanften Fragen führte er Weiß auf den Weg, den dieser beschreiten sollte.

Der kleine Heimo, hörte Roth, sei als ein wahres Krischperl zu ihm in den Kurs gekommen, sei ängstlich gewesen, ein irgendwie verzärteltes Büberl, wenig sportlich. Das Training und später auch die konzentrierten Vorbereitungen auf Wettkämpfe hätten den Buben verändert, vor allem äußerlich. Nach einem guten Jahr sei Heimo kein Krischperl mehr gewesen. Was dem Trainer nicht gefiel, war, dass Heimo undurchsichtig geblieben sei, sich verschlossen gegeben habe, niemanden an sich herangelassen habe, nicht auf die Kameradschaft der Gleichaltrigen eingegangen sei. Nein, nein, er sei keineswegs falsch gewesen, immer freundlich. Für Weiß war das Fassade, hinter der sich der Bub versteckt hatte. Heimos ganze Art, dieses Schauspiel, das er seiner Umwelt bot, hatte den Trainer nachdenklich gemacht. Es sei ihm immer so vorgekommen, als habe Heimo eine Rolle gespielt, niemandem gezeigt, wer er wirklich sei, sich wie ein Schauspieler auf einer Bühne bewegt.

Hatte Werner Lenz sich nicht ähnlich an Drache erinnert?, überlegte Roth.

Es hätte auch nichts gebracht, sagte Weiß, mit den Eltern zu sprechen. Der Vater sei so gut wie nie zu Hause gewesen. Er sei irgendwann in Afrika mit einem Flugzeug abgestürzt. Die Mutter sei eine Traumtänzerin gewesen. Nur mit seiner Schwester habe sich Heimo gut verstanden, was den Umständen nach nicht zu verwundern sei.

»Heimo trainierte Judo bei Ihnen, Herr Weiß?« Roth stellte die Frage, obwohl ihm klar war, dass Judo kein Sport war, bei dem einer lernen konnte, einem anderen Menschen das Genick zu brechen. Aber er ahnte, dass Weiß der Schlüssel zu diesem Geheimnis war.

»Ja, Judo. Der Bub wurde richtig gut. Aber das schien ihn nur wenig zu interessieren.«

Roth schlug einen eleganten Bogen, da er merkte, dass er auf geradem Weg nicht zum Ziel kommen würde, um Weiß sinngemäß die Frage zu vermitteln, ob Heimo durch seinen Sport gelernt haben könnte, wie man schnell und lautlos tötet.

Die Frage war formuliert und schwebte in der Luft.

Die klugen Augen des alten Mannes blinzelten erschrocken. Hätte Roth seinen wortreichen Umweg ausweiten sollen, um noch vorsichtiger auf den Kern zu kommen? Weiß hatte die verklausulierte Fragestellung sofort richtig verstanden.

»Wie genau?«, fragte Weiß konkret.

»Genickbruch.«

Vitus Weiß starrte ihn an, sprachlos. Plötzlich schob er heftig den Stuhl zurück, stand auf und stapfte mit gesenktem Kopf minutenlang über die Terrasse. Roth behielt ihn genau im Auge.

Abrupt unterbrach der Trainer seinen Protestmarsch, beugte

sich zu Roth vor, seine Hände lagen auf den Oberschenkeln, was ein eigenartiges Bild abgab. Allerdings gab es keine Zuschauer, sie waren alleine.

»Wir sind keine Trainer, die den Tod lehren, verstehen Sie, Herr Polizist?« Seine Stimme klang erbost. »Das wäre zu übel.« Es gäbe im Judo keine Griffe, die auf diese Weise benutzt werden könnten, ganz und gar nicht.

Auf einmal nahm er den Marsch wieder auf. Schließlich kam er zum Tisch zurück, setzte sich, griff zum Bierglas und trank. Weiß schien sich beruhigt zu haben.

»Da war der Bartl«, sagte er.

»Wer ist Bartl?«

»Ein Athlet wie aus dem Bilderbuch. Allerdings auch ein ziemlich unguter Kerl, ein Angeber und Verführer. Bartl hat Heimo damals einige Zeit an sich gezogen. Von ihm könnte Heimo das Wissen haben. Ja, das wäre möglich, jedenfalls theoretisch.«

Mit diesen Worten war der Ärger wie gelöscht.

»Wo finde ich diesen Bartl?«, wollte Roth wissen.

»Gar nicht mehr. Er ist tot«, lautete die ernüchternde Antwort. Bartl sei bei einer Schlägerei auf dem Kampfplatz geblieben. Seine Familie, auch heute noch mit einigem Einfluss im Pfaffenwinkel, habe mit all ihren Möglichkeiten den dubiosen nächtlichen Vorfall vor einem zwielichtigen Lokal vertuscht und danach die Mär in die Welt gesetzt, Bartl, das schwarzes Schaf der Familie, sei nach Japan, sein Traumland, gereist.

Roth hörte sich das an. Er würde es nachprüfen.

Der Wirt kam auf die Terrasse. Roth bat um einen weiteren Kaffee, den er gleich zahlte.

Früher, da war Weiß ganz sicher, sei nicht alles, doch vieles tatsächlich besser gewesen.

Roth ließ das Treffen mit dem alten Trainer ohne Eile ausklingen.

»Habe die Ehre, Herr Weiß.«

»Habe die Ehre, Herr Polizist.«

Vor dem Sportheim, auf dem Parkplatz, beschäftigte Roth sich in seinem Wagen eine kleine Weile mit seinem roten Büchlein.

Roth war in Polling.

Sein Wagen stand auf dem Parkplatz, er ging durch den Torbogen beim Kloster, schritt auf das Anwesen zu, wo Drache im Haupthaus seine Wohnung hatte. Er klingelte neben dem Schildchen HD, natürlich vergeblich. Danach läutete er bei der weißhaarigen Frau. Als sie an der Tür erschien, mit keiner Miene verriet, ob sie ihn wiedererkannte, zeigte er ihr nach seinem Gruß den vom Staatsanwalt unterzeichneten Beschluss.

Nachdem sie das Schreiben eingehend beschaut hatte, sah sie zu Roth und fragte, was das nun bedeute?

Das bedeute, sagte Roth, dass sie ihm die Wohnung von Herrn Drache aufschließen dürfe.

Wegen dem Schreiben da?

Dieses Schreiben gebe ihm die Erlaubnis, sich die Wohnung von Herrn Drache anzusehen.

Das dürfe nur die Polizei, wie sie genau wisse.

Er sei ein Polizist, zeige ihr gerne seinen Ausweis.

Er trage keine Uniform, sagte sie ganz überlegen, warum er sie so belüge?

Kriminalbeamte trügen keine Uniform.

Das könne jeder Betrüger behaupten, sie jedenfalls mache ihm die Tür nicht auf.

Wenn sie ihn nicht ins Haus lasse, würde er die Tür selbst öffnen.

Das wäre Einbruch, da helfe ihm auch keine Freundlichkeit. Wenn er jetzt nicht sofort gehe, müsse sie die Polizei rufen.

Roth lächelte sie an. Das glaube er nicht.

Doch, doch, sagte sie fest.

In diesem Moment kam ein älterer Mann in Arbeitskleidung heran. Er zog die buschigen Augenbrauen hoch. »Hier wird nichts an der Haustür verkauft«, knurrte er.

Roth hielt ihm seinen Dienstausweis und auch den Durchsuchungsbeschluss hin. Daraufhin wurde das finstere Gesicht etwas heller.

»Was gibt es für ein Problem, Herr Hauptkommissar?«

»Mir wird von der Dame der Zutritt verwehrt.«

Der Mann schaute auf die kleine Frau herab. »Du musst dem Polizisten die Wohnung aufmachen, Marta.«

»Das ist kein Polizist! Wo ist seine Uniform?«

»Marta, jetzt ist aber gut! Geh bitte zur Seite.« Er schob die alte Frau sanft zur Wand hin, sah über die Schulter Roth an. »Kommen Sie, Herr Hauptkommissar.«

Roth lächelte im Vorbeigehen zur Entschuldigung der Frau zu, die ein trotziges, sogar böses Gesicht machte.

Der Mann nahm einen Schlüssel vom Holzbord, stieg Roth voran die Treppe hinauf, schloss die Tür zu Draches Wohnung auf.

Roth dankte, ließ sich den Schlüssel geben, versprach, ihn später wieder an seinen Platz zu hängen.

»Wie lange werden Sie in der Wohnung sein, Herr Hauptkommissar?«

»Das kann ich noch nicht sagen«, gab Roth freundlich Antwort, hob die Schultern.

Er trat in die Wohnung, blickte den Mann kurz an, schloss die Tür.

Ohne jede Eile machte Roth einen ersten Rundgang durch die Wohnung. Fünf Zimmer, eine Wohnküche, ein modernes Bad. Die Einrichtung zeugte von gutem und auch kostspieligem Geschmack. Das Wohnzimmer war der größte Raum. Das Schlafzimmer hatte ein Einzelbett. Dann ein Zimmer, in dem nur eine schmale Liege stand. Ein Zimmer, das kleinste, diente offenbar als Abstellkammer. Das Arbeitszimmer war zugleich Bibliothek, in dem auch der Fernseher stand. Dieser Raum interessierte Roth vor allem.

Für das Durchsuchen der Wohnung, abgesehen vom Arbeitszimmer, benötigte Roth eine gute Stunde, die zu nichts führte.

Seine volle Aufmerksamkeit musste dem Arbeitszimmer gelten. Mehr als zwei Stunden sah er sich mit Argusaugen um. Viel Sorgfalt widmete er dem Schreibtisch und den Regalbrettern mit den Ordnern.

Genau dort machte er einen wichtigen Fund. In einem der Ordner, der mit »Treatments« beschriftet war, entdeckte er in einer Klarsichthülle ein Schulheft, auf dem ein Name stand, der ihn neugierig machte.

Pia.

Zunächst blätterte Roth in das schmale Heft hinein, las hier und da einen Satz, schnupperte regelrecht an dem Text, stellte schnell fest, dass nur wenige Seiten beschrieben waren. Roth ahnte nicht nur, er war sicher, dass sich mit diesem Fund sein Besuch in Draches Wohnung gelohnt hatte.

Er beendete seine Suche, setzte sich auf das Sofa vor dem hohen Fenster, mit Blick zum Kloster, und las, was Heimo Drache geschrieben hatte.

Pia.

Die Tragödie nahm ihren Anfang, als aus dem leichten Druck im Kopf ein ständiger Schmerz wurde. Erst dann ging Pia zu Dr. Thann, ihrem Hausarzt, dem gar nicht gefiel, was ihm die Patientin als Symptome schilderte. Der Arzt vermochte keine Ursache zu benennen. Er vereinbarte für Pia einen zeitnahen Termin mit einem Neurologen.

Am Tag vor diesem Termin wechselte das Tierkreiszeichen und dass es jetzt das ihre war, nahm sie als gutes Omen.

Mit einem optimistischen Gefühl, begleitet von dem ständig dumpfen Kopfschmerz, betrat sie die Praxis des Spezialisten. Während des Gesprächs sah Pia durch das Fenster hinter dem Arzt das Windrad sich drehen.

Die Untersuchungen zogen sich fast über einen Monat hin, deren Ergebnisse Pia ihren baldigen Tod voraussagten.

Hirntumor – aggressiv, inoperabel.

Nach einigen Tagen schwarzer Verzweiflung kämpfte sie sich unter seelischen Schmerzen in den Alltag zurück. Ein wenig half, dass die Tabletten, die sie dreimal täglich nehmen musste, die Schmerzen kaum spürbar machten.

Aber Pia hielt dem Alltag nicht stand, sie konnte das Wissen um ihre begrenzte Zeit nicht verdrängen. Immer wieder stellte sie sich nackt oder im eleganten Abendkleid vor den hohen Spiegel und bewunderte die vollkommene Frau.

Diese Frau wird sterben, bald, demnächst.

Erst als ihre Angst vor dem Nichts unerträglich für sie wurde, rief sie ihn an. Pia wollte ihn treffen, nicht bei ihr, nicht bei ihm, in Kochel. Sie wollte sich mit ihm die aktuelle Ausstellung im Franz-Marc-Museum ansehen. Die Schönheit und Reinheit der Kunst mitnehmen ins Jenseits, wie ihm später klar wurde.

Natürlich machte er sich Gedanken, obwohl sie ihn gebeten hatte, genau das nicht zu tun. Ihr unbedingter Wunsch, sich in Kochel, auf neutralem Boden, zu treffen, war bisher noch nicht vorgekommen, ein Novum. Sich da keine Gedanken zu machen, war unmöglich.

Pia war schon da, als er auf den Parkplatz am Museum rollte. Er stieg aus und sie kam auf ihn zu. Ihr schlechtes Aussehen erschreckte ihn. Wie immer war sie perfekt hergerichtet und gekleidet. Dennoch sah er sofort, wie müde sie wirkte, bemerkte ihren schmalen Mund. Fast durchsichtig sah sie aus, elfenhaft zart.

Sie umarmten sich, er drückte seine Lippen auf die ihren. Sie hielt dabei Mund und Augen geschlossen, klammerte sich an ihn.

Was war mit Pia los?

Sie löste sich aus seiner Umarmung, lachte, was ihn wohl beruhigen sollte, hängte sich bei ihm ein.

Minuten später gingen sie durch die Ausstellung, Hand in Hand. Nun wirkte sie wie immer, schauspielerte grandios, wie er nicht viel später begriff.

Im letzten Raum setzten sie sich vor ein bekanntes Bild von Franz Marc, saßen eine ganze Weile stumm, hielten sich an den Händen.

»Meine Zeit ist nur noch sehr begrenzt, Schatz«, sagte sie leise, schaute dabei starr auf das Gemälde.

Von der Seite sah er sie verblüfft an, ohne Verständnis, denn er glaubte nicht, was er hörte.

»Ich sterbe«, sagte sie. Und es werde ein schlimmes Sterben sein.

Vor ihm tat sich ein schwarzes Loch auf. Nein, das durfte nicht sein. Doch wusste er genau, solche makabren Scherze machte Pia nicht.

In Panik sprang er auf, lief wie ein Irrer hin und her.

»Erspare mir das Martyrium«, bat sie ihn.

Was sollte das heißen? Was wollte sie von ihm?

Genau das war Pia. Sie hatte einen Plan entworfen, bis hin zu den Kleinigkeiten. Ihm ließ sie dabei keinen Ausweg.

»Das ist der Preis für unsere Liebe, mein Schatz. Die Rechnung liege zur Zahlung auf dem Tisch.«

Pia stand auf, fing ihn regelrecht ein, zwang ihn neben sich, nahm seine Hände, wartete, bis er ruhiger wurde.

Ohne ihre Stimme zu verändern, beinahe emotionslos, erklärte sie ihm ihren Plan.

Wieder saßen sie stumm, jeder mit dem eigenen Sturm der Gefühle beschäftigt. Im Grunde hatte er nichts gegen den Wunsch. Das Aber war jedoch riesengroß: Es ging diesmal um Pia, die Liebe seines Lebens.

Sie sagte nichts mehr, sah ihn an. Lange. Sie wartete darauf, dass er Ja sagte für den letzten Liebesdienst. Und den durfte er ihr nicht verweigern, auf keinen Fall.

Als er sie umarmte, liefen ihm die Tränen über das Gesicht. Marcs Gemälde hinter Pia wurde zur bunten Soße.

Ab jetzt würde er alleine durchs Leben gehen, ohne Pias starke Hand. Das war die Konsequenz ihres Wunsches.

Erst als Besucher in den Ausstellungsraum kamen, gingen sie, verließen das Museum. Er setzte sich, dem Plan entsprechend, hinter das Steuer von Pias Wagen. Sie fuhren hinüber zum Walchensee, zum Parkplatz der Herzogstandbahn. Eine Kabine, in der sie alleine waren, trug sie in die Höhe. Oben angekommen, ließen sie ihre Augen durch die wunderschöne Weitsicht spazieren gehen. Die Sonne stand an diesem Tag milchig am Himmel, was vom Saharasand kam, der vom Süden heranflog und die flachen Wolken ungewohnt gelblich aussehen ließ.

Pia gab sich gefasst, ruhig, strahlte eine eigentümliche Heiterkeit aus. Sie standen Hand in Hand vor dem Geländer, sahen in die Ferne. Die anderen Menschen in ihrer Nähe hielten sie bestimmt für ein vertrautes Paar. Was sie ja auch waren, schon immer.

In Sichtweite der grauen Steinkapelle, mit Blick zum nahen Martinskopf und hinüber zum Herzogstand gab es zwischen den Latschen eine grüne Graskuhle, die Pia kannte, denn sie führte ihn zielsicher dorthin. Sobald sie sich niedergelassen hatten, waren sie, von Grün umgeben, nicht mehr zu sehen.

Sie lehnten aneinander, schwiegen, bis sie sich in ihren gemeinsamen Erinnerungen verloren.

Beide weinten sie still vor sich hin.

Auf einmal küsste sie ihn und sagte, sie liebe ihn. Kleine Pause. Bis in den Tod.

Tränenflut.

Er hielt es nicht mehr aus, legte den Arm um Pia, zärtlich.

Und auf einmal hatte Pia ihn verlassen.

Irgendwann, nach einer seelischen Auszeit, fand er sich am Walchensee wieder. Wie war er dort hingekommen? Seit er sich von Pia verabschiedet hatte, fehlte ihm jede Erinnerung.

Was machte er hier? So allein. Tränen liefen ihm über die Wangen. Aus der Hosentasche zog er zusammen mit einem Taschentuch einen Zettel heraus. Darauf waren Uhrzeiten notiert. Zeiten für was?

Er erinnerte sich. Pia hatte ihm den Zettel gegeben. Auf ihm standen die Abfahrtszeiten für den Bus nach Kochel.

Gegenüber der Haltestelle war ein Café, in dem er einen Cappuccino trank, da ihm noch Zeit bis zur Abfahrt des nächsten Busses blieb.

Er handelte wie ein Roboter, war nicht bei sich, bewegte sich wie von einem grauen Nebel eingesponnen. Nur wenige Meter vom See entfernt wurde ihm bewusst, dass Pia ihm einen richtigen Abschied verweigert hatte. Zu gerne und mit Freude wäre er mit ihr gestorben. Wer sollte er sein, ohne sie? Irgendeine Stimme in ihm tröstete, er habe Pia erlöst.

In ihm war alles zerrissen, er hatte das seltsame Gefühl, etwas erledigt zu haben, vor dem er vorher ein flaues Gefühl gehabt hatte.

Pia war von ihm gegangen und der Wahn begann. Er merkte, wie der ihn am Kragen packte.

Roth saß auf dem Sofa in Draches Arbeitszimmer, hielt das Heft in der Hand und verdaute, was er gelesen hatte.

Heimo, der Schwindler, der sich, je nach Lage der Dinge, neu erfand. In diesem Fall als Erlöser von Pia.

Roth konnte nicht anders, er betrachtete diesen Mann mit einer gewissen Faszination. Gerade durch den kurzen Text fügte sich manches zusammen, was ihm bisher gewisse Rätsel aufgegeben hatte.

Pia.

Sie musste der Ausgangspunkt seiner weiteren Grübeleien sein. Roth wusste durch das Heft, dass Drache Pia zu einem schnellen, schmerzfreien Tod verholfen hatte. Um das Tüpfelchen auf das i zu bekommen, musste Roth das, was in diesem Text stand, in der Realität nachweisen. Er würde nachfragen müssen, ob es Kameraaufzeichnungen an der Herzogstandbahn gab. Und wie lange würden diese überhaupt gespeichert sein?

Wann hatte Drache Pia ins Jenseits geholfen? Im Heft gab es dazu keinen Hinweis.

Und dann die Frage: Warum hatte *Daisy* nichts verknüpft?

Roth erhob sich. Außer dem Heft hatte er nichts gefunden, das ihm irgendwie dienlich sein konnte. Morgen würde die KTU die Wohnung mit ihren Mitteln durchsuchen. Ein Schmunzeln umspielte seine Lippen bei dem Gedanken an die kleine Frau Herta, dem Cerberus des Hauses, wenn die Kollegen anrückten.

Roth verschloss die Wohnung, hängte den Schlüssel an das Brett, verließ das Haus, ohne die alte Frau zu sehen, ging hinüber zum Wirtshaus. Auf dem Weg telefonierte er mit Kimmel. Nach dem Essen fuhr er nach München.

Wo hatte Pia gelebt? Wie hieß sie mit Nachnamen? Wer war diese Frau? Diese Fragen zu beantworten war reine Routine, dürfte keine harte Nuss werden.

Am nächsten Vormittag wusste Roth alles über Pia, was es zu wissen gab.

Wanderer hatten die Tote in einer Kuhle gefunden, ein kurzes Stück neben dem Weg von der Seilbahn hinüber zum Herzogstand. Sie war zufällig entdeckt worden, da die Wanderer nach einem ruhigen Plätzchen gesucht hatten. Sie hatten bestimmt einen gehörigen Schrecken bekommen. Im Bericht der Gerichtsmedizin stand, dass Pia an einem Genickbruch gestorben war. Hinzu kam die Erkenntnis, dass sie nicht mehr lange gelebt hätte, da sie an einem aggressiven Gehirntumor gelitten hatte.

Sie war im Frühherbst 2016 gestorben. Mit Nachnamen hieß sie Knolle. Hier war der Punkt, den *Daisy* übersprungen hatte. Der Zusammenhang stellte sich erst heraus, als Roth wusste, dass Pia eine geborene Drache war. Sie war nach kurzer Ehe geschieden worden, hatte aber den Namen behalten. Als Unternehmerin in der Modebranche war sie sehr erfolgreich gewesen. Das Haus in D., draußen im Norden, im Speckgürtel der Landeshauptstadt, gehörte ihr und Heimo gemeinsam. Die Besitzverhältnisse hatten sich seit ihrem Tod nicht verändert.

Roth erfuhr, dass es Kameras an der Herzogstandbahn gab. Aber die Aufzeichnungen wurden nur vier Wochen gespeichert. Es wäre auch zu schön gewesen.

Roths Bauchgefühl meldete sich. Wie hatte es in Draches Heft am Schluss geheißen? *Der Wahn begann.* Heimo Drache verbarg sich in dem Haus, sagte der Bauch. Roth widersprach ihm nicht. Sein Entschluss stand fest. Er würde selbst nachsehen. Wenn Drache da war, würde ihn der Literaturdozent Harreis besuchen.

14

Der verborgene Gast – Der blaue Sonnenhut

Der Fremde mit dem blauen Sonnenhut spricht mich mit meinem Namen an, was ich im ersten Moment nicht registriere. Auch danach verstehe ich es nicht. Kennt der Mann mich so gut, dass er trotz des Bartes und den längeren Haaren bestimmt behaupten kann, wer da einer Salzsäule gleich vor ihm steht? Wie ist es ihm überhaupt zu Ohren gekommen, dass ich hier bin? Nur Pia und Helene wissen es. Und vielleicht Clara. Hat sie es ihm verraten?

Ich versuche, ein dümmliches Gesicht aufzusetzen, sage nichts. Er macht einen weiteren Schritt, stellt sich vor, nennt sich Harreis. Beinahe muss ich lächeln. Kann das tatsächlich sein Name sein? Harreis heißt die Insel im Fluss, eine kleine Wegstrecke von der Stadt flussaufwärts, die unter Naturschutz gestellt ist.

Er bedauert sein Eindringen, das er frech nennt, begründet es mit seinem dringenden Wunsch, mit mir sprechen zu wollen, mit mir, dem erfolgreichen Schriftsteller. Harreis behauptet, Literaturdozent an der LMU zu sein, mein Schreiben seit Jahren zu verfolgen, einen Workshop über meine Bücher geplant zu haben. Er möchte jedoch vorher mit mir persönlich sprechen, wobei er die Einladung ausspricht, mich an seinem Workshop unterstützend zu beteiligen.

Hat nicht ein Dozent bei Clara angerufen? Und hat sie nicht vermutet, er wäre Polizist?

Erneut macht er einen Schritt auf mich zu, gefolgt von dem Geständnis seines Wunsches, womöglich sogar mein Biograf werden zu dürfen. Dabei macht er ein Gesicht wie ein treuer Hund, der um die Gunst seines Herrchens bettelt.

Der Mann überrennt auch virtuelle Hindernisse, schlägt eine imaginäre Mauer mit dem Vorschlaghammer nieder. Offenbar ist ihm meine Schwachstelle, meine versteckte Eitelkeit, genau bekannt.

Ob er wieder gehen solle, fragt er und zeigt hinter sich zu den Bäumen, oder ob wir uns setzten? Dabei deutet er zum runden Gartentisch und den beiden Korbstühlen. Dort sitze ich manchmal mit Pia, doch zumeist alleine, oft gegen Abend.

Kaum habe ich nur leicht genickt, ist der Fremde namens Harreis unterwegs zum Tisch und den Stühlen. Was kann ich da machen? Mit den süßen Worten über sein Interesse an meinem Schreiben hat er mich eingefangen, auch weil er damit meine Neugierde geweckt hat.

Der ungebetene Besucher lässt sich auf einem der Stühle nieder, zufällig auf dem, der für Pia reserviert ist. Ich greife nach der Lehne, bleibe stehen, sehe ihn an, frage, ob er etwas trinken möchte. Nein, danke, er schüttelt den Kopf, vielleicht später, wenn der Mund vom Reden trocken wird. Er lacht wie über einen guten Witz, schaut mich an, als würde er mich auffordern, mich zu setzen: Der Gast als Gastgeber.

Ohne jede Einleitung beginnt er zu sprechen. Über meine Bücher und die Filme. Er kennt sie alle, kennt sie gut, scheint tatsächlich der zu sein, der er vorgibt. Er zitiert sogar aus dem *Phoibos: Was wächst, ist alleine die Dummheit. Wo ist nur die Vernunft geblieben?* Ich gehe auf seinen roten Faden ein, wende nichts ein, gebe Auskunft, erzähle, wo er es wünscht, Episoden, die ihn offenbar interessieren. Ich bekomme von einem mir Unbekannten mein Autorenleben nacherzählt, sodass es sich beinahe wie ein Roman anhört. Hat Harreis die Biografie bereits fertig? Ich verstehe die Begegnung nicht, frage mich, was das soll? Für Momente bin ich nicht beim Thema. Verfolge das Spiel von Licht und Schatten zwischen den Ästen der Bäume und wundere mich, warum der Besucher sich keine Notizen macht über das, was ich von mir gebe. Wenn er wirklich profitieren will, muss er ein gutes Gedächtnis haben.

Mitten im Satz wechselt er das Thema, wechselt ins Private. Auf der Stelle ziehe ich die Zugbrücke hoch, diesen Weg werde ich nicht mitgehen. Der Bereich hinter den Kulissen geht ihn nichts an. Es ist der Schriftsteller, um den es geht, nicht der Privatmann.

Nach wenigen allgemeinen Sätzen zu persönlichen Punkten in meinem Leben, kommt aus dieser perfiden Tarnung sein Angriff, der mich hilflos zurücklässt.

Wo Pia sei, will er wissen, spricht mit leiser Stimme. Seine Augen sehen mich mitfühlend an, einem erfahrenen Seelsorger gleich.

Was diese blöde Frage solle, habe er nicht gestern erst mit Pia am Tor gesprochen, entgegne ich mit trockener Kehle. Aber meine Antwort ist kindliches Gestammel, verirre mich nämlich zwischen den Worten im Labyrinth der Erinnerungen. Darum halte ich dann den Mund, starre ihn stumm an. Meine Augenlider sind auf einmal unendlich schwer. Ich will die Augen schließen. Es ist lächerlich, aber ich habe Mitleid mit mir.

Sei es nicht so, dass Pia nicht mehr lebe?

Ich höre im Sausen des Sturms von Pias Tod in den Bergen, Emmis Tod am See, Olivias Tod in Córdoba, Magdalenas Tod im Schnee.

Was betrifft mich das? Was will der Kerl von mir? Warum quält er mich so? Er bohrt sich wie ein Holzwurm in den morschen Schrank meines Lebens, macht Holzmehl daraus. Da sitzt er vor mir, ein lächelndes Ungeheuer, der böse Feind, der mich vernichten will.

Und er schweigt, erhöht die Spannung, die ich nicht mehr ertrage. Die Zeit bleibt stehen, vor mir fällt der Vorhang zur Wirklichkeit, ich bin alleine in meiner dunklen Welt.

Ich liege im Wohnzimmer auf der Couch, als ich aus meiner

Hölle auftauche. Es ist fast dunkel im Raum, nur eine kleine Wandlampe spendet notdürftig ein wenig Helligkeit. Draußen ist es Nacht. Der Blick zur Standuhr im Eck zeigt mir: Es ist immer noch der gleiche Tag.

Wie bin ich vom Garten auf die Couch gekommen?

Mir springt ein Wort des Besuchers in den Kopf, macht mich fast wieder konfus: Gefühle. Wann hat er das gesagt und was meint er damit? Welche Gefühle? Ohne Pia wüsste ich nicht einmal, wie sich Gefühle anfühlen. In meinen Büchern spielen Gefühle keine Hauptrolle, sie kommen nur am Rande vor, werden oberflächlich behandelt. Ich sehe den Menschen als einen einsamen Felsen in seiner eigenen Zeit. Es ist doch so, jeder ist seine eigene Welt, die mit dem Erwachen des Bewusstseins beginnt und mit dem Erlöschen nach dem letzten Atemzug endet, oder? Also muss ich mich fragen, woher dieser Harreis Kenntnis von meinen persönlichen Schwachstellen hat? Hoffentlich habe ich ihm nichts gesagt. Blöd, ich kann mich nicht erinnern.

Gefühle, Gefühle, das Wort geht mir nicht aus dem Kopf. Sollte ich welche haben, müssten sie mit der Wärme zu tun haben, die ich in der Brust spüre, wenn ich an Pia denke. Ein Synonym für Gefühl ist »brauchen«, denke ich. Ich brauche Pia mehr als alles auf der Welt.

Wo bleibt Pia nur? Hat sie gesagt, dass sie heute nicht nach Hause kommt? Ich erinnere mich nicht.

Auf einmal, ich habe sie nicht kommen sehen, fällt eine dunkle Wolke über mich her, presst mich auf die Couch, als hätte ich plötzlich mehr als das doppelte Gewicht. Pia hat gesagt, diese Wolke sei Todessehnsucht, die mich wie Fernweh packe. Ich suhle mich in diesem Weh. Wenn es so ist, wie Pia sagt, dann ist diese Sehnsucht schön und ich möchte ihr folgen.

Da fällt mir ein Satz ein, den ich irgendwo mal gelesen habe, der mir so gefallen hat, dass ich ihn mir gemerkt habe: *Vollkommene Gerechtigkeit gewährt allein der Tod.*

Ist das nicht eine tröstliche Aussage? Macht sie nicht den Tod leicht?

Wo Pia nur bleibt?

Ich denke, ich gehe ihr entgegen. Dazu muss ich nur die Couch verlassen. Nur wenig später wird sie mich in ihre Arme schließen.

Ich zwinge mich, aufzustehen, gehe aber nicht nach draußen und vor zum Tor, um auf Pia zu warten. Ich steige hinauf, schwerfällig, unendlich müde, setze mich an den Tisch und schreibe. Ich weiß, es werden die letzten Worte, die letzten Sätze sein, die ich schreibe.

Epilog

Roth wurde sich des Drucks auf seinen Augen bewusst. Er würde jetzt doch nicht Tränen vergießen wegen des toten Mannes, der seinem Leben im Wasser des Flusses ein Ende gesetzt hatte. An den Zufall eines tödlichen Unfalls mochte er nicht glauben. War seine trübe Stimmung von Mitleid beeinflusst, das er mit dem Schriftsteller fühlte, den er als Leser und Filmfreak fast schon verehrt hatte und auf dessen Spur er als Polizist gewesen war?

Fühlte er Schuld? Hätte er ihn gestern festnehmen sollen? War sein Weichkochen Grausamkeit gewesen?

Abrupt löste er sich von dem Geländer. Erstaunt schaute er seine schweißnassen Hände an. Sein Herz hämmerte, als wäre er noch am Laufen. Er musste sich von diesem emotionalen Dilemma freimachen. Also wandte sich Roth ab, ging an dem Feuerwehrauto und dem Krankenwagen vorbei, passierte den PKW des Notarztes und die beiden Polizeiwagen. Bis vor zur Hauptstraße schwirrten Gedanken wie Bienen aufgeregt in seinem Kopf. Er überquerte die Straße und begann wieder zu laufen, die Bienen beruhigten sich mit jedem Schritt mehr.

Wenige Minuten später war Roth auf seinem Zimmer und stand gleich darauf unter der Dusche. Danach saß er nackt auf der Bettkante und wartete darauf, wieder klar denken zu können.

Dann dachte er den Weg seines Falles und seiner Ermittlungen nach, der ihn letztendlich hierher in dieses Zimmer gebracht hatte.

Dieser Mann, der Schriftsteller Heimo Drache, war ihm auch beim persönlichen Zusammentreffen am vorigen Tag ein Rätsel geblieben. Konzentriert, kontrolliert, dabei freundlich. Er war auch nicht mit schwerstem Geschütz zu erschrecken gewesen. Nur einmal hatte Roth bei dem Gespräch im Garten gespürt, wie eine kleine Tür zaghaft aufgegangen war, als er Drache mit seinem Wissen über dessen Arbeiten überrascht, ihn mit dem Lob offenbar verlegen gemacht hatte, Drache ihm, wenn auch nur kurz, den Literaturdozenten abgenommen hatte.

Er hatte auch noch etwas gespürt, das ihn erschreckt hatte, nämlich die Vereisung des Mannes. Das geschah, als er ihm die Morde auf den Kopf zusagte. Ab da saß ihm ein erstarrter Mensch gegenüber. Und als Drache sich erhob, ihn einfach sitzen ließ, zur Terrasse ging und im Haus verschwand, ließ Roth ihn in Ruhe. Morgen war auch noch ein Tag. Vielleicht würde Drache über Nacht auftauen.

Doch Heimo Drache hatte sich entzogen, für immer.

Roth tauchte aus seinen Reflexionen zurück in die Wirklichkeit, schaute zu dem Tisch, auf dem sein Reisewecker stand. Verwundert, fast ungläubig hob er die Augenbrauen, als er feststellte, dass der Sekundenzeiger erst sechsmal rundgelaufen war, seit er auf dem Bett saß. Er musste jetzt los, sonst stieg die Wahrscheinlichkeit, dass andere in seinem Fall herumstapften. Schnell zog er sich an, stülpte sich, bevor er das Zimmer verließ, den blauen Sonnenhut auf das dichte braune Haar.

Vom Wald her betrat er das Grundstück, so wie er es gestern als Franz Harreis getan hatte. Das Bild war noch ganz das vom Vortag. Auf dem Rasen standen die beiden Korbstühle und der runde Tisch aus Schmiedeeisen mit Keramikplatte. Dort hatte er mit dem Schriftsteller gesessen.

Einen langen Moment stand Roth nahe dem imaginären Bild, lauschte dem Gespräch in der Erinnerung. Dann ließ er die Vorstellung verblassen, schritt über den verwahrlosten Rasen zur Garage, einem eher heruntergekommenen Schuppen, dessen Rückseite über dem steilen Ufer des Flusses stand. Da die Garage verschlossen war, konnte Roth nur einen spaltbreiten Blick ins Innere werfen. Das Licht reichte nicht aus, um die Marke des Wagens feststellen zu können, der dort abgestellt war.

Roth ging zur Terrasse und drückte gegen die Glastür. Überraschend gab sie nach und schwang langsam, wie in Zeitlupe nach innen. Auf diesem Weg hat er das Haus verlassen, dachte Roth, um gleich darauf, vermutlich mit dem festen Vorsatz dazu, ins Wasser zu gehen. Wenn es so gewesen war, dann hatte Harreis ihn mit seinen Anschuldigungen bis ins Mark erschreckt, die Vereisung war nicht getaut. Oder könnte es ein Unfall gewesen sein? Möglicherweise fand die Spurensicherung einen Hinweis, um im Nachhinein eine Antwort geben zu können.

In Ruhe nahm Roth seinen Rundgang durch das Haus auf. Es war ein älteres, kein großes Haus, gut und mit Geschmack eingerichtet. Das Wohnzimmer mit Blick zum Garten und Wald war gemütlich: Sitzgruppe auf einem einfarbigen dicken Teppich, Sideboard, Glasschrank mit Porzellan, Musikanlage, Schallplatten, CD-Sammlung. Auf dem Tisch ein aufgeschlagenes Magazin.

Die Küche, zweckmäßig und modern, war aufgeräumt, kein Geschirr stand herum. Alles machte einen ordentlichen, wenn auch keinen peniblen Eindruck. Gleich nach der Haustür ein Gäste-WC.

Neben der Treppe nach oben hingen gerahmte Fotos. Roth ließ sich Zeit, betrachtete jedes Bild. Sie erzählten ihm eine ganz spezielle Geschichte.

Im oberen Stock ein Zimmer mit Doppelbett und eines mit Einzelbett, zwischen beiden ein sehr schönes Bad mit separater Toilette.

Unter dem Dach erwartete Roth ein Studio, in dessen Tür er stehen blieb, da es für ihn als Ermittler wohl das wichtigste Zimmer sein würde. Es war das Arbeitszimmer Draches, keine Frage. Viel Platz, bedingt durch die steile Schräge, gab es nicht. Zu beiden Längsseiten schlossen je zwei Holzpfosten die Breite optisch ab. Links stand ein flacher Schrank, eher ein Kasten, zwischen den Pfosten. Auf dem Kasten stapelten sich Bücher. Zwischen den Pfosten rechts war eine Hängematte befestigt, in der ein buntes Kissen lag.

Vor dem Fenster nahm ein rustikaler Tisch die ganze Breite ein. Der Stuhl war zur Seite hin verschoben.

Roth betrat das Dachzimmer, blieb vor dem Tisch stehen, schenkte ihm zunächst wenig Aufmerksamkeit, sah vielmehr zum Fenster hinaus. Drüben ragte die Jugendstilvilla beinahe mächtig gegen die dunklen Bäume dahinter auf. Die Fassade mit ihrer Grafik aus braunem Fachwerk und den hellen eckigen Flächen dazwischen war ein Blickfang, vor allem aus der Entfernung. Vorhin erst war Roth auf dem Weg zum Fluss hinunter daran vorbeigelaufen. Da hatte das Haus, in dem der berühmte Maler Simon Dorn residierte, wie er wusste, nicht diesen besonderen Eindruck auf ihn gemacht.

Nun erst nahm er den Tisch in Augenschein. In der Mitte stand ein schwarzer Laptop, daneben lagen mehrere grüne gespitzte Bleistifte in Reihe, in Front davor ein gelber Spitzer. Linker Hand des Rechners lag ein Buch, ein offensichtlich altes Exemplar. Roth griff danach, drehte es, las auf dem Rücken das goldgeprägte Wort »Gauß«, schlug das Buch auf. *Verständnis der Gaußschen Mathematik*. Mit solchen Themen hatte sich der eigenartige Mann beschäftigt! Zwischen den Seiten 20 und 21 lag ein beschriebener gelber Zettel. Lesezeichen oder Notiz? Der Text ergab für Roth keinen Sinn: *Leidenschaft – Tugend – Narrheit – Gemeinheit – Niedertracht – Lüge – Heldentum.* Eine Weile hielt er den Zettel in der Hand, bevor er ihn auf den Laptop legte.

Der Tisch hatte eine Schublade, in der ein Ordner, weiß, prall gefüllt mit gelben handbeschriebenen Blättern, und zwei schwarze Notizbücher lagen.

Roth ließ die linierten Merkbücher über den Daumen laufen. Das eine war bis zur letzten Seite beschrieben, das andere noch zu einem guten Drittel leer.

Auf der ersten Seite des vollgeschriebenen Buches stand in Rot die Zeile: *Der verborgene Gast.*

Dann klappte er den Ordner auf. *Ich bin Theseus – eine Erzählung.* Da hatte er wohl das letzte Manuskript des Schriftstellers in der Hand.

Roth las den ersten Absatz.

Ein schwarzes Loch, unendlich weit weg, uns dennoch unwiderstehlich anziehend. Du. Anker des Verzweifelten. Insel der Tröstung. Hiob schreibt hilflos an Texten, die nie fertig werden. Schwermütig stochert er in Wortgebilden herum. Kommt einfach nicht zurecht mit den fantastischen Möglichkeiten, die ihm die Sprache bietet und von denen er weiß. Einem Tsunami gleich überschwemmen den armen Theseus, der ich nun mal bin, die Fluten der Gedanken. Wo findet er die geeignete Form, in die er diese Macht zu bändigen vermag? Jeden Tag neu, immer falsch, wälzt er die filigranen Wortgespinste den imaginären Berg der Kunst hinauf. Am Ende des Tages fließt alles wie sandiges Wasser zurück ins Tal des Trübsals. Die Nacht ist ein Meer von Tränen. Am Morgen dann malt der Stift neue Worte auf das Papier. Wissend um die Vergeblichkeit. Das sei das Glück der Menschen, hast du gesagt. Ach, Geliebte. Glück ist die Brutstätte des Neides, wahrlich, wahrscheinlich nichts Erstrebenswertes.

Roth legte den Ordner zurück auf den Tisch. Er würde ihn, wie auch den Laptop und die Notizbücher, mitnehmen.

Keine Frage, was er eben gelesen hatte, war die Sprache des Autors, der mit unterschiedlichen Literaturpreisen geehrt worden war. Einmal war er für den Friedrich-Glauser-Preis nominiert worden, hatte damit den Ritterschlag sogar von der Krimiszene erhalten. Ein faszinierender, ein rätselhafter Mann, ganz bestimmt.

Gedankenverloren schaute Roth im Raum herum. Sein Blick blieb an einem farbigen Holzschnitt hängen, mit einem einfachen Reißnagel am Pfosten neben dem Fenster befestigt. Er zeigte eine Szene aus einem Grimm'schen Märchen. Als Roth das Motiv erkannte, fühlte er Neugierde, Unglaube, Staunen und Wissen.

»So ist es«, sagte er halblaut und lächelte.

Am unteren Rand des Holzschnittes las er, in schöner Handschrift: *Brüderchen und Schwesterchen.*

Die Fotos der Geschwister neben der Treppe waren das Bilderbuch einer Liebe. Kein Zweifel. Schwester und Bruder waren ein Liebespaar gewesen. Im Tabu dieser Verbindung lagen die Wurzeln des Weges, den der Schriftsteller beschritten hatte, versteckt. Heimo Drache war ein talentierter Schriftsteller – aber auch ein mehrfacher Mörder gewesen.

Roth durchflutete ein warmes Gefühl, denn ihm wurde auf einmal bewusst, dass er als Ermittler gerade einen besonderen Augenblick erlebte, weil er einem Geheimnis, wenn auch vergeblich, da zu spät, auf die Spur gekommen war. Er saß da, entspannt, genoss die Momente dieser absurden Auszeit, die er sich gönnte, bevor er seinen Chef anrufen musste.

Sein Blick ging zum Fenster. An der Scheibe rann der Regen herunter, es goss wie aus Kübeln. Das geht schnell vorbei. Heute Abend, dachte Roth mit tiefer Freude, würde er mit Lis ein Glas Rotwein trinken und bei ihr bleiben. Ging es ihm nicht gut?

Was noch zu sagen wäre ...

Beinahe jeden Tag bin ich in der Stadt unterwegs, die seit einem halben Jahrhundert meine Wahlheimat ist. Ich habe nicht nur in diesem Roman ihr Bild vor Augen, sondern auch in den Büchern *Die zornigen Augen der Wahrheit* und *Mein Freund Sisyphos.* Meine Schilderungen sollen kein genaues Abbild zeichnen, mehr eine Beschreibung ihres Wesens sein. So sind auch meine handelnden Figuren zu sehen, sie sind fiktiv, haben mit tatsächlich lebenden Personen nichts gemein. Sie sind alle meine Kopfgeburten. Ähnlichkeiten mit lebenden oder verstorbenen Menschen unserer Stadt sind also nicht gewollt und wären nur rein zufällig.

Erst der Besuch beim bayerischen Landeskriminalamt hat mich dazu gebracht, über einen Polizisten in einem meiner Romane nachzudenken. Das Ergebnis ist Roth, ein sich auf der Spur von Bösewichten zumeist alleine anschleichender Hauptkommissar.

Liebe Leserin, lieber Leser, ich freue mich, wenn Ihnen der Auftritt von KHK Roth gefallen hat. Dass Sie gerade zu diesem Buch gegriffen und es gelesen haben, dafür sage ich Ihnen herzlichen Dank.

Danke sage ich auch meiner Frau, als Erstleserin, meinem Freund Clemens, der seit Jahrzehnten in Spanien lebt, der mich über die Strukturen der dortigen Polizei schlaumachte, Herrn Burkhard P. Bierschenck, dem Verleger, Frau Dr. Martina Kliem, der Leiterin der Buchabteilung, Frau Johanna Gerhard für das Lektorat, Frau Martina Stolzmann für die Gestaltung. Sie alle sind als Team wichtig, um aus einem Manuskript ein gutes Buch entstehen zu lassen.

Einen herzlichen Gruß und bleiben Sie gesund
Ihr Michael Böhm

Noch mehr Spannung von Michael Böhm

Ein eiskaltes Bild der perfiden Polit-Schickeria

Leseprobe auf den folgenden Seiten

Mein Freund Sisyphos

ISBN 978-3-95669-154-6
176 Seiten, Klappenbroschur mit Lesezeichen

Subtile Spannung vom Meister der leisen Töne

Die zornigen Augen der Wahrheit

ISBN 978-3-95669-133-1
192 Seiten, Klappenbroschur mit Lesezeichen

Mord in der Idylle Finnlands

mit Dieter Hentzschel

Dinner mit Elch

ISBN 978-3-95669-108-9
160 Seiten, gebunden

12,95 Euro pro Band
Erschienen in der Edition 211 im Bookspot Verlag
Alle Bände auch als E-Book erhältlich!

Leseprobe aus:
Mein Freund Sisyphos

Der Traum

In der vergangenen Nacht hatte ich wieder diesen Traum, der mir, als ich schweißgebadet erwachte, wirklicher erschien als die momentan entschwundene Realität. Fabian von Fernau war zum Ministerpräsidenten unseres Landes gewählt. Die Menschen glaubten an ihn, glaubten, er erfülle ihren stillen Wunsch nach einer festen und entschlossenen Führung, und sie vertrauten seinem Versprechen, ein offenes Ohr für sie zu haben. Dabei war das alles Lüge, ein Albtraum, der reine Humbug.

Psychologisch gesehen war mein Traum eine Projektion. Die Wirklichkeit sah nämlich ganz anders aus. Auf FvF war geschossen worden. Die Kugel war seitlich in seinen Kopf eingedrungen und er war auf der Stelle tot.

So hatte ich es mir vorgestellt, so geplant und so sollte es passieren.

Doch Fabian hatte sich gerade in diesem winzigen Moment nach vorn gebeugt und als sein Kopf auf den Tresen schlug, lebte er noch.

Noch nicht ganz wach, springe ich aus dem Bett, stelle mich ans Fenster, starre in die Nacht. Mein Shirt ist schweißnass. Warum fällt mir gerade jetzt einer der Fragebogen von Max Frisch ein? Haben Sie Angst vor dem Tod? Wenn ja, warum? Und ich denke auch: Was dir in der Nacht träumt, sollst du nach dem Erwachen nicht mehr zu ernst nehmen. Ist es so?

Der Augenblick des Attentats, dieser spitze Punkt in der Zeit, der in meinem Kopf wie ein Film in Endlosschleife läuft, verfolgt mich bis in den Schlaf hinein. Diese schreckliche Szene wird für immer ein Eckpfeiler meiner Erinnerung sein, davor gibt es bestimmt kein Entrinnen. Indolenz ist bei Schuld kein Ausweg.

Die Fassung meines Traumthemas sieht so aus: Bei dem, was ich dort auf dem Bildschirm sehe, seltsam braun unterlegt, ist es auch für mich mühsam, ja fast nicht möglich, meine Zweifel weiter bestehen zu lassen. Keine Frage, FvF hat die Wahl gewonnen. Der ersten Prognose zufolge, die gerade der Moderator mit kühler, neutraler Miene erläutert, wird es ein Erdrutschsieg werden. Der Souverän hat ganz bewusst, wie seit Wochen in fast allen Umfragen unisono vorhergesagt, ein politisches Großreinemachen mit seinem Wahlzettel bewirkt. Ergo ist unser Plan voll aufgegangen. Nein, ich bin gewiss nicht versucht, mir selbst auf die Schulter zu klopfen, wurde mir doch schon zu bald klar, wohin der Hase laufen würde. Mein Vorteil war allein das Privileg, das Ohr des Kandidaten, das von Fabian von Fernau, vor jeder anderen Einflüsterung für mich zu haben.

Ich stehe einen guten Schritt hinter FvF in einem Nebenraum der Zentrale der *Bewegung Helles Morgen* im Marsstall des Stadtschlosses. Meine Augen fixieren seinen Hinterkopf, während meine Gedanken ganz woandershin entschweben. Neben ihm wartet seine Frau Sibil, die ihn strahlend anlächelt. Für mich fehlt nur der weiße Pudel auf ihrem Arm. Ja, die beiden sind ein schönes Paar, wie für die Medien gemacht, schlank, groß, jung, er dunkel, sie blond. Wie viele Wähler werden dieses Bild vor Augen gehabt haben, diese Symbiose von Schönheit und Erfolg, als sie in der Stille der Wahlkabine ihr Kreuz machten? FvF und Sibil genießen ihren Sieg und ich gönne ihnen mit einem sauren Geschmack im Mund dieses überwältigende Gefühl. Auch, und vor allem, weil ich sicher weiß, dass in jeden Triumph versteckt auch schon der Beginn des Niedergangs lauert. Nur nebenbei gesagt, auch auf diesem Weg ins Tal hinunter werde ich in ihrer Nähe bleiben, wenn sie es denn wollen. Fabian nämlich hat mir dieses Abenteuer, von dem wir träumten, das wir mit heißem Herzen herbeisehnten, für das wir schufteten wie Galeerensklaven, wenn es wohl auch ein Pyrrhussieg sein wird, überhaupt erst ermöglicht, wahrlich ein Geschenk, das ich ihm bestimmt nicht vergessen werde. FvF hat mich aus den Niederungen einer ungeliebten Tätigkeit, einem ziellosen, langweiligen Alltag befreit, mich mit einer faszinierenden Aufgabe als Köder zu sich gelockt und nicht mehr gehen lassen.

FvF und Sibil halten sich an den Händen. Ich kann es nicht sehen, denke mir aber, dass Sibil in eine helle Zukunft lächelt, der sie selbst mit viel Kraft und Fantasie sowie gebündeltem Willen akribisch mit den Weg bereitet hat. Sie hat das Absolute gewollt und jetzt liegt der Zielstrich direkt vor ihr, mit den Spitzen ihrer modischen Schuhe berührt sie ihn bereits.

Auf einmal wendet FvF seinen Kopf, schaut mich fragend an, und ich weiß, er erwartet von mir das Zeichen, will mich den genau richtigen Moment bestimmen lassen, um durch die Tür hinaus auf die Bühne zu treten. Ich verneine mit den Augen, noch ist der Augenblick nämlich nicht erreicht, die Kulisse zu verlassen. Draußen müssen sie mit noch mehr Spannung auf ihn warten, ihn regelrecht ersehnen, ihn, Fabian von Fernau, ihren politischen Heiland, ihr Versprechen auf eine neue Zeit.

Im weißen Raum

Wir befanden uns in einem Warteraum der Klinik. Jeder war mit sich selbst beschäftigt, in sich versunken.

Irgendetwas, ich weiß nicht, was, beendete meine Versunkenheit abrupt. Da stand jemand mitten im Raum. Ich schaute zu ihm hoch, meine Augen blieben für eine Winzigkeit an dem Button hängen, den er an der Jacke trug, wie jeder von uns. Dieser Button war auch eine Idee von mir gewesen. Bei einem Cartoonisten hatten wir uns die Rechte an einer Strichzeichnung besorgt, die FvF zeigt. Die Buttons mit dem Zeichen wurden an alle abgegeben, die mit der *Bewegung Helles Morgen* sympathisierten. Auch für Fabians unmittelbare Umgebung war der Anstecker Pflicht.

Es brauchte eine kleine Weile, bis ich fähig war, meine Trägheit im Kopf abzuschütteln und zu mir zu kommen. In der Diskrepanz zwischen Wunsch und Wirklichkeit war der Grund zu suchen, warum ich mich so schwertat, ohne zu viel Emotion klar zu denken.

Nicht willentlich, vielmehr unbewusst, suchte ich die wirren Bruchstücke der Erinnerung zusammen, um mir selbst sagen zu können, wo ich mich überhaupt befand. Genau: Ich hatte mich auf ein altes Sofa gesetzt, neben mir saß Sibil, deren eiskalte Hand ich hielt. Zwei in Eis verwandelte Menschen. Eine junge Ärztin hatte unsere Gruppe – wir waren, glaube ich, sieben – in einen unwirklichen weißen Raum gebracht, scheinbar in eine andere Welt, wo wir vor der Medienmeute sicher auf Nachricht aus dem OP warten sollten. Alle, wie auf eine stille Verabredung, schwiegen wir, niemand wollte oder konnte etwas sagen. Was hätten das auch für Worte sein können? Wir standen unter Schock, wie es so schön heißt, wie unter eine von der übrigen Welt abgeschottete Käseglocke gestellt, das gerade vor kurzer Zeit Geschehene konnte sich doch nicht anders als erst einmal traumatisch auf uns auswirken.

Auf dem Sofa sitzend gelang es mir einfach nicht, das wirre Chaos in meinem Kopf zu ordnen. Alle Versuche in diese Richtung wurden von den unglaublichen Bildern, die ich mir so nicht vorgestellt hatte, die direkt neben mir passierten, und sich darum tief in meine Erinnerung brannten, überlagert.

Sibil hatte meine Hand losgelassen, so, als wäre sie plötzlich nicht mehr kalt, sondern ein heißes Eisen, war aufgestanden und zum Fenster gegangen. Gedankenverloren sah ich mir ihren geraden Rücken an, erhob mich ebenfalls vom Sofa, ging zu jedem Einzelnen unseres Teams, außer Sibil und mir drei Männer und zwei Frauen, legte meine Hand kurz an den Oberarm, suchte mit Aufbietung meiner ganzen Kraft Augenkontakt, den mir nur zwei von ihnen gestatteten. Nein, so redete ich mir ein, es war nicht dieser Schrecken, den wir gemeinsam erlebt hatten, der uns lähmte, es war vielmehr dieses Gefühl des freien Falls aus der rauschenden, abundanten Euphorie in eine bodenlose dunkle Traurigkeit, das uns jetzt zu leblosen Puppen machte.

Als wir am frühen Abend aus den weißen Kleinbussen gestiegen waren, die beide an den Seiten Fabians lächelndes Konterfei zeigten, und über den Augustiner-Platz auf die Stadthalle zugingen, spannte sich der Himmel in einem kristallenen Blau, geschmückt mit einigen leichten hohen Federwolken, über die Stadt.

Doch jetzt stecken wir in diesem finsteren undurchdringlich scheinenden Nebel fest, wie gefangen in einer babylonischen Verwirrung. Wer von uns kann denn sagen, wie es weitergehen soll, wer hat den Kopf für solche Gedanken überhaupt frei? Kann man in solch einer Situation überhaupt vorausdenken? Die zähe Spannung ist mit Händen zu greifen. Wann wird die Tür aufgehen, eine weiß gekleidete Gestalt hereinkommen und uns die Nachricht kundtun, auf die wir so dringend warten und die wir noch mehr fürchten?

Ich gehe auf die Tür zu, noch ohne tatsächliche Absicht, den Raum zu verlassen, bleibe stehen, entscheide mich endlich, doch nach draußen zu gehen. Um dort was zu machen? Auf dem Gang auf und ab zu spazieren? Eine zufällige Begegnung zu suchen? Mit wem denn? In der schon geöffneten Tür stehend blicke ich zurück. Stumme Gesichter, fast wie leblose Masken, starren irgendwohin, keiner beachtet mich. Sibil steht noch immer abgewandt am Fenster.

Draußen auf dem Flur steht einer der Bodyguards, Eddy, vor mir. Ich nicke ihm zu. Wir kennen uns seit einer kleinen Ewigkeit, seit der Zeit bei der Bundeswehr. Der leere Klinikflur ist lang. Meine Augen nehmen die modernen, bunten Gemälde an der weißen Wand wahr. Sie hängen in ungleichmäßigem Abstand. Ich betrachte jedes einzelne, kann im Moment nichts mit ihnen anfangen, aber es ist eine kleine Ablenkung, immerhin. Der Flur endet weit vorn an einem Fenster, dahinter die Nacht. Wie davon angezogen, wende ich mich von den Bildern ab und steuere auf das dunkle Rechteck vor mir zu. Ich fühle mich allein, und das ist im Augenblick auch gut so. Mein Denkapparat ist wieder angesprungen. Mein erster Entschluss ist, alles auszublenden, um zur unbedingt notwendigen Vernunft z urückzufinden. Einer von uns, also ich, muss den Kokon des Entsetzens, der Panik durchbrechen, und klare Strukturen vorgeben, wie es zumindest für den aufdämmernden Tag weitergehen soll. Habe ich denn nicht alles im Voraus längst bedacht, muss doch nur meinem Plan folgen?

Meine Augen haben sich an dem Fenster festgesaugt, sodass ich die Person im grünen Bademantel, die aus dem Gang von links in meinen Weg tritt, erst wahrnehme, als wir uns schon gegenüberstehen.

...

Georg Brun

Bodenloser Fall

Edition 211, ein Imprint des
Bookspot Verlags
ISBN 978-3-95669-164-5
288 Seiten
Klappenbroschur mit Lesezeichen
14,80 Euro
Auch als E-Book erhältlich!

Pflichtmandate hatte Olga Swatschuk schon viele, doch dieses ist anders: Der neueste Mandant der jungen Rechtsanwältin ist schuldig – und ist es doch nicht. Es geht um eine Million Euro, die veruntreut wurde. Gemeinsam mit dem routinierten Privatdetektiv Alex beginnt Olga, eigene Ermittlungen anzustellen, und gerät in ein Dickicht von Bestechung und Verleumdung. In dessen Zentrum steht das Prestigeprojekt Münchens: die Sanierung des Europäischen Theaters.

Als das Duo an seine Grenzen stößt, erhält es unerwartete Hilfe. Olgas Zufallsbekanntschaft Sonja erweist sich nicht nur als talentierte IT-Spezialistin, sondern gibt Olga auch den Halt, den sie seit langem gesucht hat. Gemeinsam wagen sie sich an die herausforderndste Gratwanderung ihres Lebens.

»Ein raffinierter Plot mit unvorhersehbaren Wendungen und interessanten Figuren, die einen so schnell nicht mehr loslassen!« V. S. Gerling

»Dieser Krimi hat es in sich: Das faszinierende Verwirrspiel beruht auf einem wahren Fall.« Buchjournal